Les Éditions du Boréal
.4447, rue Saint-Denis
Montréal (Québec) H2J 2L2
www.editionsboreal.qc.ca

Complot sous le soleil

La série « Les Carcajous » est la version française de la série d'origine canadienne-anglaise « The Screech Owls » mettant en vedette une équipe ontarienne de hockey pee-wee. Les noms des personnages et de l'équipe ont été modifiés pour mieux refléter la réalité francophone.

Roy MacGregor

Complot sous le soleil

Traduit de l'anglais
par Marie-Josée Brière

Les Carcajous VI

Boréal

Les Éditions du Boréal remercient le Conseil des Arts du Canada
ainsi que le ministère du Patrimoine canadien et la SODEC
pour leur soutien financier.

Les Éditions du Boréal bénéficient également du Programme
de crédit d'impôt pour l'édition de livres du gouvernement du Québec.

Illustrations : Jean-Paul Eid

Dépôt légal : 2ᵉ trimestre 2001
Bibliothèque nationale du Québec

Diffusion au Canada : Dimedia
Distribution et diffusion en Europe : Les Éditions du Seuil

Données de catalogage avant publication (Canada)
    MacGregor, Roy, 1948-

    [Terror in Florida. Français]

    Complot sous le soleil

    (Les Carcajous ; 6)
    Traduction de : Terror in Florida.
    Pour les jeunes de 10 à 12 ans.

    ISBN 2-7646-0102-6

    I. Brière, Marie-Josée. II. Titre. III. Titre : Terror in Florida. Français.
    IV. Collection : MacGregor, Roy, 1948- . Carcajous ; 6.

    PS8575.G84T4714   2001   jC813'.54   C2001-940188-4
    PS9575.G84T4714   2001
    PZ23.M32CO   2001

Pour Jessica et David Cox

Remerciements

L'auteur est reconnaissant à Doug Gibson, qui a conçu cette série, et à Alex Schultz, qui l'a fait exister.

CHAPITRE 1

Il y avait deux rêves que Stéphane Tremblay faisait régulièrement. Dans le premier, il était au chalet de ses grands-parents. En se réveillant un matin, il trouvait le lac complètement asséché, exception faite de quelques mares d'eau et de coulées de boue glissante, comme si quelqu'un avait ôté un bouchon de caoutchouc au milieu de cette gigantesque baignoire naturelle. Plutôt que de nager sous la surface avec ses palmes, son masque et son tuba, il pouvait maintenant se balader à pied au fond du lac, ramasser tous les appâts qu'il y avait perdus et voir enfin quelle était la véritable taille des truites.

Son deuxième rêve, c'est que l'hiver disparaissait comme par magie. À Chicoutimi, où habitait Stéphane, il venait un temps chaque année, à la fin de février ou au début de mars, où tout le monde en avait soudain assez de l'hiver… même les jeunes joueurs de hockey comme Stéphane et ses amis des Carcajous! On se levait un beau matin et, plutôt que d'avoir hâte à la prochaine séance d'entraînement ou au tournoi de la fin de semaine, on commençait à guetter le printemps avec impatience : le premier merle, le premier gargouillis d'eau libre, les premières odeurs de terre mouillée s'élevant des bancs de neige rabougris, le premier jour où on pouvait sortir de la maison sans bottes et sans gros manteau.

Quand Stéphane rêvait que l'hiver disparaissait, cela se faisait toujours instantanément. Il se réveillait — ou du moins, il rêvait qu'il se réveillait —, et il y avait des oiseaux dans les arbres, ça sentait le fumier épandu dans les champs en bordure de la ville, et Jean-Yves Simard — son ami Sim — lançait des cailloux dans la vitre de sa chambre et lui criait de venir jouer dehors.

Mais cette fois, c'était différent. Ce n'était pas un rêve, c'était la réalité ! Et pas seulement pour Stéphane, mais aussi pour Sim — qui ronflait à côté de lui —, pour Kling assis en avant, pour Lars, Anne-Marie, Dimitri, Normand, Gratien, Paul, Claude, Michel, Germain, Aimé-Césaire et même Anou Martin, assise deux banquettes plus loin en train de jouer aux cartes avec Jean-Louis, et aussi pour le dernier arrivé des Carcajous, Simon-Pierre Audette. Simon-Pierre était le plus petit de l'équipe — plus petit même que Stéphane, qui avait enfin commencé à grandir — et était un peu timide sur la glace. Sim, profitant de sa faiblesse, l'avait baptisé méchamment « Audette la Poulette », et le surnom lui était resté.

Heureusement que Sim dormait comme un loir en ce moment, sans quoi il se serait à coup sûr ingénié à taquiner encore une fois « le petit nouveau ».

Les Carcajous occupaient un autobus scolaire au complet. Les joueurs avaient chacun leur banquette pour pouvoir s'étendre et dormir. Même ce bon vieux Max était à bord, assis à l'avant, tellement absorbé par la lecture d'un bouquin épais comme une brique que Stéphane se demanda s'il avait conscience qu'ils avaient quitté le Canada et qu'ils étaient rendus presque à mi-chemin vers la Floride. Vers l'été ! Et vers Disney World !

M. Blackburn, le gérant de l'équipe, conduisait l'autobus qui devait mener les Carcajous en Floride en ce début du congé de mars. Stéphane savait bien que l'hiver n'était pas fini, mais il avait du mal à s'en convaincre. Il avait l'impression que plusieurs mois s'étaient écoulés en quelques heures à peine. L'hiver disparaissait graduellement. Il y avait maintenant de l'herbe dans les champs !

Derrière l'autobus scolaire de location — lent, bruyant et inconfortable, mais pas cher, avait dit Max —, quelques parents suivaient en auto. M. et Mme Martin étaient venus dans leur caravane motorisée, et les deux entraîneurs adjoints, André et Phil, fermaient la marche dans une camionnette louée, remplie à ras bord d'équipement de hockey et de camping. Max avait en effet décrété que les Carcajous camperaient, histoire de limiter encore plus les dépenses.

Ils étaient en route pour le Spring Break Tournament de Floride, dans la deuxième division pee-wee, et devaient disputer des matches à Orlando et à Lakeland. Ils avaient aussi reçu des laissez-passer spéciaux pour trois jours à Disney World et couraient la chance, s'ils se rendaient en finale, de jouer dans le magnifique Ice Palace, le stade où évoluait le Lightning de Tampa Bay, dans la Ligue nationale de hockey!

« Arrêt-bébelles! », cria soudain M. Blackburn à l'avant de l'autobus.

« ARRÊT-BÉBELLES! »

Tout autour de Stéphane, les jeunes passagers commencèrent à s'agiter en poussant des exclamations de joie. Il y eut même quelques applaudissements. Enfin, le moment qu'ils attendaient tous! Aucun voyage de hockey n'était vraiment complet s'il ne comprenait pas au moins un des célèbres « arrêts-bébelles » de leur chauffeur attitré.

M. Blackburn, dont le crâne à demi-chauve brillait comme une auréole, s'arc-bouta sur le volant et fit prendre à l'autobus un virage serré pour sortir de l'autoroute devant un endroit baptisé « South of the Border » : un immense restaurant avec boutique de souvenirs le long de l'Interstate 95.

Il descendit le premier de l'autobus et se posta à côté de la porte, une énorme liasse de dollars américains à la main.

— Vous savez ce que c'est qu'un *per diem*? demanda-t-il au premier Carcajou — Sim, naturellement — à dégringoler les marches de l'autobus. Dehors, il faisait étonnamment chaud, et le soleil était éblouissant.

— Hein?

M. Blackburn s'amusait ferme.

— Dans la Ligue nationale, annonça-t-il avec emphase pendant que le reste de l'équipe émergeait du véhicule en clignant des yeux dans la lumière aveuglante, les joueurs ont droit chaque jour à une certaine somme d'argent — c'est ce que ça veut dire, *per diem*, Sim; ça veut dire « par jour » — quand ils sont sur la route. Ils peuvent en faire ce qu'ils veulent, sans restriction.

— Combien? demanda Sim.

M. Blackburn lui lança un regard moqueur.

— Cinquante-cinq dollars!

— OK! fit Sim en tapant dans la main de Kling qui se trouvait à côté de lui.

— T'es pas encore dans la Ligue nationale, jeune homme… Mais je donne cinq dollars à tous les joueurs qui ont été repêchés par les Carcajous.

— Bravo! s'écrièrent en chœur plusieurs des joueurs.

Ils se mirent en ligne, et M. Blackburn, avec force gestes grandiloquents, distribua à chacun un billet de cinq dollars.

— On peut faire ce qu'on veut avec notre argent, hein? demanda Stéphane en étirant la main vers le billet que M. Blackburn lui tendait.

— Non, pas du tout!

M. Blackburn prit un air offensé.

— Si tu fais quoi que ce soit de raisonnable avec cet argent-là — par exemple si tu l'économises ou que tu le mets à la banque, ou si tu t'achètes pas immédiatement quelque chose d'absolument stupide —, on te renvoie à la maison parce que t'es trop responsable et trop sérieux pour appartenir au club de hockey des Carcajous. Alors, entre là-dedans et flambe-le… sur un machin complètement débile!

Il fallut à peine trente secondes à Sim pour trouver le rayon des farces et attrapes. Il était déterminé à suivre à la lettre les instructions de M. Blackburn. Le gérant avait dit qu'il fallait un machin débile? Sim allait lui en trouver un super-hyper-débile!

Après avoir convaincu Kling de prendre de la gomme à mâcher extra-épicée, il persuada Jean-Louis d'acheter un objet ressemblant à une flaque de vomi qui se serait transformée en caoutchouc. Mais il n'était pas satisfait: il voulait quelque chose de vraiment inutile et s'éloigna de ses deux amis, en train de payer pour des achats qu'ils n'auraient jamais faits si Sim ne s'en était pas mêlé.

Stéphane regardait un présentoir au rayon des farces et attrapes. Une clochette en forme de main. Une lettre qui claquait comme un piège à souris quand on la retirait de son enveloppe. Un piège à doigts chinois. Un jeu de cartes truqué. Rien de vraiment tentant…

Tout à coup, Sim fut à côté de lui.

— Donne-moi tes cinq dollars! siffla-t-il.

— Quoi?

— J'ai besoin de tes stupides cinq dollars, idiot!

— Pourquoi?

Sim se contenta de regarder Stéphane en secouant la tête.

— Viens voir!

Tirant son ami par la manche, Sim le mena vers un rayon tout au fond du magasin et s'empara d'un objet qui ne semblait pourtant présenter aucun intérêt.

— Tu veux t'acheter une paire de lunettes? demanda Stéphane.

Qu'est-ce qui lui prenait? C'était loin d'être un objet stupide et inutile…

— Mais pas n'importe quelles lunettes! murmura Sim, qui brandissait son trésor comme si les montures étaient incrustées de diamants. Des lunettes à rayons X!

— À quoi?

— À rayons X. Tu sais, pour voir à travers les choses. À travers les maillots de bain, par exemple… Tu vois ce que je veux dire?

— T'es malade!

— Je suis pas malade, je suis pauvre! Il me manque cinq dollars. Tu me les donnes?

— T'es pas sérieux?

— Tout ce qu'il y a de plus sérieux! Donne-moi tes cinq dollars!

Stéphane sortit le billet de sa poche. C'était une folie, mais il le remit quand même à son ami. Sim s'en saisit en ricanant et se précipita vers la caisse.

« Oh ! et puis, tant pis ! » se dit Stéphane. M. Blackburn leur avait dit de ne pas retourner à l'autobus sans avoir gaspillé leur argent pour acheter quelque chose de complètement débile.

Alors pourquoi ne pas faire confiance à Jean-Yves Simard, le roi des arrêts-bébelles en personne ?

CHAPITRE 2

S im passa le reste du trajet à harceler le pauvre
Simon-Pierre. Il profita de l'arrêt-pipi pour
remplir ses poches d'essuie-mains en papier brun.
Il attendit que Simon-Pierre s'assoupisse et se mit
au travail. Après avoir étendu plusieurs feuilles
d'essuie-mains sur le siège à côté du dormeur et les
avoir aspergées avec une bouteille d'eau, il emprunta
à Jean-Louis sa flaque de vomi en caoutchouc et
la disposa soigneusement sur les papiers mouillés.
Il prit ensuite deux autres feuilles d'essuie-mains,
les humecta généreusement et en recouvrit par-
tiellement le vomi de manière à donner l'impression que quelqu'un avait essayé d'éponger ses
dégâts.

Puis il passa aux choses sérieuses.

Dirigeant la bouteille d'eau directement sur son
visage, il prit une autre feuille d'essuie-mains, la
mouilla, et la colla à moitié sur son menton et à moitié sur le devant de sa chemise. Il se tourna ensuite

vers Simon-Pierre et se mit à gémir en faisant d'horribles grimaces.

— Ahhhhh… ahhhhhhh… ahhhhhhhhh!

Simon-Pierre remua légèrement sur son siège, encore à moitié endormi.

— Aaahhhh!… Aaahhhhh!… Aaaahhhhhh!

Tout le monde avait maintenant les yeux fixés sur Sim, qui se tortillait en gémissant de plus belle.

— A A A A H H H H H H! … AAAAHHHHHHH!… AAAAAHHHHHHHH!

Simon-Pierre se tourna vers Sim et entrouvrit les yeux. Puis les écarquilla comme des soucoupes! Sim se tortillait et gémissait toujours.

— A A A A H H H H H H! … AAAAHHHHHHH!… AAAAAHHHHHHHH!

Simon-Pierre bondit sur ses pieds, regarda le siège qui le séparait de Sim et devint instantanément blanc comme un drap.

— Sim a vomi! hurla-t-il.

Jean-Louis, assis juste derrière, entra immédiatement dans le jeu.

— Oh! mon Dieu! lança-t-il à son tour en se penchant au-dessus du dossier. En effet!

Simon-Pierre, craintif, se tourna vers Sim et lui toucha délicatement l'épaule.

— Sim? Ça va?

Sim ouvrit les yeux et se remit à gémir.

— Ohhhhh! fit-il. OHHHHHHH!

Il se pencha brusquement vers son voisin horrifié,

les yeux révulsés, la bouche ouverte comme s'il allait vomir sur lui.

— À l'aide! cria Simon-Pierre. Il s'écarta tellement vite qu'il passa carrément par-dessus le dossier de la banquette d'en avant et alla atterrir sur Kling et Normand, qui se tordaient de rire silencieusement.

Sim, lui, riait aux éclats. L'essuie-mains mouillé encore collé à sa chemise, il se pavanait en caquetant et en battant des ailes comme une poule.

— Cot-cot-cot-codette Audette!

Tout le monde — ou presque — riait de Simon-Pierre. Même Stéphane ne pouvait se retenir de sourire; il fallait admettre que c'était assez drôle… Mais aussi plutôt cruel.

Anou, elle, n'avait pas du tout envie de rire. Mais Sim ne la voyait même pas; il riait à gorge déployée, les yeux fermés et la bouche grande ouverte.

Anou se pencha, ramassa la plaque de caoutchouc sur le siège et la fourra dans la bouche de Sim aussi profondément que possible — ce qui était vraiment très profond!

— AAARGHHHH! gargouilla Sim en la recrachant.

— Sim va vomir? demanda Anou d'une voix doucereuse.

— Yark! lança Sim en s'essuyant la bouche avec un des essuie-mains. Pourquoi t'as fait ça, Anou, bon sang?

— Ça t'apprendra, répondit Anou.

— On faisait juste s'amuser un peu, fit Sim, en prenant un air de martyr.

— Parfait, fit Anou. On n'oubliera surtout pas de rire la prochaine fois que quelqu'un te jouera un vilain tour.

— Sainte Anou, priez pour nous!

— Oui, surtout pour toi!

* * *

Le reste du voyage se déroula sans incident. Sim boudait. Simon-Pierre et Anou jouaient aux cartes. Stéphane somnolait, se réveillant par moments pour regarder l'été apparaître par la fenêtre de l'autobus.

Sim avait jeté un coup d'œil vers Stéphane pendant son engueulade avec Anou. Stéphane savait que son ami cherchait des appuis, mais il n'avait pas pu se résoudre à prendre sa défense. Bien sûr, sa blague était assez comique. Sim était bon comédien, après tout. On aurait vraiment dit qu'il allait vomir. Mais, s'il voulait jouer des tours, il ne devait pas choisir toujours la même victime. Autrement, ce n'était plus drôle; c'était simplement méchant. Sim n'avait pas cessé de s'en prendre à Simon-Pierre depuis son arrivée chez les Carcajous.

M. Blackburn se mit tout à coup à klaxonner. Une fois, deux fois, trois fois, haut et fort.

— Ça y est! cria-t-il vers l'arrière. On vient d'entrer en Floride!

— Hourra! crièrent tous les passagers en chœur.

— On arrive! lança Kling.

— J'ai hâte de voir Goofy! ajouta Sim, qui reprenait ses esprits.

— T'as qu'à te regarder dans le miroir! répliqua Anou.

CHAPITRE 3

Ils n'eurent pas le temps de visiter Disney World dès leur premier jour en Floride. En fait, il faisait noir à leur arrivée à Kissimmee, la ville voisine du parc d'attractions. Quand M. Blackburn avait annoncé qu'ils venaient d'entrer en Floride, personne ne s'était rendu compte qu'il leur restait encore quatre heures de route à faire avant d'arriver à destination.

M. Blackburn et M. Martin s'étaient occupés des réservations. Le terrain de camping Sunshine State avait retenu un secteur pour les Carcajous et leurs familles, qui campaient elles aussi pour réduire les coûts du voyage, y compris les Martin dans leur auto-caravane. Max et ses adjoints se chargèrent de décider où l'on monterait les tentes et qui coucherait dans chacune. Stéphane et Sim étaient ensemble dans la vieille tente de la famille Tremblay, en compagnie de Lars, Kling, Normand et — à la grande surprise de Sim — Simon-Pierre.

— Stéphane, fit Max à la lecture de la liste, tu es

aussi capitaine de la tente. Tu gardes un œil sur Sim, compris?

Stéphane fit oui de la tête. Comment faire autrement que de garder un œil sur quelqu'un qui cherchait toujours à attirer l'attention?

Ils eurent bientôt fini de monter la vieille tente et y transportèrent leurs bagages. En déroulant son matelas de mousse et son sac de couchage avec ses camarades, Stéphane prit une grande inspiration pour s'emplir les poumons de l'odeur de renfermé et de moisi qui s'élevait de la toile — la douce odeur des étés de son enfance… Stéphane adorait le camping —, c'était presque aussi agréable que de patiner sur la glace neuve! Il se rappelait avec délices l'odeur de la pluie tambourinant sur la toile, le bruit du vent dans les arbres, les merveilles de la vie dans chaque ruisseau, dans chaque mare, sur chaque plage où il était allé camper avec sa famille été après été.

— Un serpent! cria Sim.

— Quoi? répondit Stéphane. Où ça?

— Là! En dessous du sac de Simon-Pierre!

Un gros serpent pointait en effet la tête sous le matelas bleu de Simon-Pierre.

— Laissez-moi sortir! hurla Sim en se précipitant vers la sortie.

Stéphane, lui aussi, recula instinctivement. Il lui semblait bien avoir lu quelque part qu'il y avait des serpents venimeux en Floride. Si c'était une vipère? Ou un serpent à sonnettes?

Simon-Pierre se figea. Il avait commencé à dérouler son sac de couchage, mais il était à présent totalement immobile. « Ou peut-être un mocassin à tête cuivrée ? », se demanda Stéphane, le cœur battant la chamade. Normand se glissait silencieusement vers la porte de la tente en longeant la paroi du fond. Il semblait terrifié. Lars était déjà dehors.

Stéphane jeta de nouveau un coup d'œil au serpent. Il ne bougeait pas. Il n'agitait même pas la langue, comme le font tous les serpents pour reconnaître leur environnement. Impulsivement, Stéphane tendit la main, s'empara du serpent et le jeta dehors d'un ample mouvement du bras.

— Caoutchouc ! annonça-t-il.

Il entendit à l'extérieur la voix de Sim, qui dominait les rires :

— Cot-cot-cot-codette !

Sim agitait les bras en se dandinant comme une poule géante, tandis que Normand et Kling se lançaient le serpent. C'était probablement Normand qui l'avait acheté avec ses cinq dollars au magasin de farces et attrapes.

— Très drôle ! fit Stéphane en sortant de la tente.

— C'est ce que je me disais, répondit Sim d'un air de défi.

Stéphane secoua la tête. Sim pouvait être adorable… quand il n'était pas le roi des imbéciles ! Il n'était jamais capable de s'arrêter avant d'être allé trop loin.

— Tu laisses Simon-Pierre tranquille, t'as compris? lui ordonna Stéphane.

Sim fit le salut militaire.

— Oui, mon capitaine! Bien, mon capitaine!

* * *

Le soleil, déjà brûlant dans le ciel du matin, dardait sur l'épaisse toile de la tente. À l'intérieur, on suffoquait. Stéphane ouvrit la porte toute grande pour prendre une bouffée d'air frais et recueillir ses premières images de la Floride en plein jour.

La journée s'annonçait magnifique. La rosée étincelait sur le gazon et les aiguilles de pin, et le terrain de camping bourdonnait déjà d'activité. M. Martin descendait le sentier vers les douches, son short dévoilant des jambes couleur « pinte-de-lait », une serviette — presque aussi blanche — sur l'épaule. Près du réchaud Coleman, Max, vêtu de son vieux coupe-vent malgré la chaleur, s'affairait à faire bouillir de l'eau pour préparer du café. Il aperçut Stéphane à la porte de la tente et lui fit un clin d'œil. Un clin d'œil, rien de plus, mais c'était suffisant pour faire comprendre à Stéphane que l'entraîneur des Carcajous — qui n'était pas tellement chaud à l'idée d'aller en Floride quand le projet avait commencé à prendre forme — était maintenant très content d'y être.

— C'est l'heure de se lever? fit une voix au fond de la tente.

Stéphane se retourna, cherchant à distinguer qui lui parlait dans l'obscurité. C'était Simon-Pierre, qui clignait des yeux rougis.

— Mon Dieu! T'as bien les yeux rouges! fit remarquer Stéphane.

— Vraiment? fit Simon-Pierre, en les frottant de ses deux poings. Ça doit être des allergies, j'imagine.

— Allez, debout, Tremblay! lança Max depuis la table de pique-nique. Faut qu'on soit sur la glace dans une heure!

CHAPITRE 4

L'heure avait passé très vite — encore plus vite que l'hiver pendant le trajet vers le Sud —, et les Carcajous étaient maintenant sur la patinoire. Mais tout allait de travers.

D'abord, ils étaient arrivés tard, la veille au soir, et ils n'avaient pas eu le temps de s'entraîner avant le début du tournoi. Ils devaient affronter les Wings d'Ann Arbor, une équipe du Michigan, mais plutôt que de se préparer au match en patinant et en s'exerçant à lancer sur la barre horizontale, Stéphane brandissait à bout de bras un grand drap blanc, dont Sim tenait l'autre bord à ses côtés. S'il y avait eu assez de vent dans le Lakeland Arena, ils auraient pu faire de la voile sur la patinoire!…

— Y a du brouillard, avait annoncé Max dès l'instant où les Carcajous étaient sortis de l'autobus scolaire et avaient pénétré dans le vieil aréna. La rencontre entre l'air chaud et humide de l'extérieur et l'air froid montant de la patinoire créait en effet un épais nuage de brouillard. À tel point que Germain Lacouture, qui devait garder les filets pour ce premier match, ne voyait même pas jusqu'au centre de la glace — et encore moins jusqu'à l'endroit où le gardien des Wings s'affairait à préparer le devant de son filet.

Le conducteur de la Zamboni avait apporté une pile de vieux draps et les avait distribués à la ronde. Max et l'entraîneur d'Ann Arbor avaient réparti les joueurs par paires et leur avaient demandé de patiner en tenant les draps de manière à essayer de dissiper le brouillard.

— On ressemble à des fantômes, pas à des joueurs de hockey ! grommela Sim.

— Mais ça marche ! répondit Stéphane.

En effet, en se déplaçant sur la glace, les patineurs créaient peu à peu des courants d'air. D'un bout à l'autre de la patinoire, le brouillard se dissipait graduellement ; il commençait par se déplacer par plaques, puis finissait par se lever. Les joueurs apparaissaient et disparaissaient par intermittence. Sim avait raison : on aurait dit des fantômes.

Enfin, l'arbitre siffla au milieu de la patinoire. Il subsistait encore quelques traînées de brouillard, mais les joueurs pouvaient maintenant voir d'un bout à l'autre de la surface glacée. Ils déposèrent leurs draps dans les bras tendus du gardien de l'aréna et le match débuta immédiatement, sans aucun échauffement. Stéphane n'était vraiment pas à son aise.

Le trio d'Anou devait commencer, Stéphane à

l'aile gauche et Dimitri Yakushev — le plus rapide des Carcajous — à la droite. Comme d'habitude, Sim et Kling étaient à la défense.

Pendant quelques secondes, Stéphane eut le loisir d'examiner les joueurs d'Ann Arbor. Ils étaient plus costauds que les Carcajous et portaient un magnifique uniforme vert orné d'une aile blanche — très élégante — sur la poitrine. Stéphane jeta un coup d'œil sur les patins de l'ailier qui lui faisait face : des Nike, rien de moins !

Stéphane eut un frisson, puis se rappela ce que Max leur avait dit un jour : « La seule chose qui ne s'achète pas, au hockey, c'est le talent. » Max détestait voir ses joueurs arriver avec des gants tout neufs — « Autant te tremper les mains dans le ciment frais », leur faisait-il remarquer — et il leur disait toujours que c'était du gaspillage d'acheter des patins de première qualité pour des joueurs encore en pleine croissance. « Qu'est-ce que ça peut faire si vous commencez la saison avec deux paires de chaussettes et que vous la finissez nu-pieds ? demandait-il. Bobby Orr n'a jamais porté de chaussettes dans ses patins — et c'était le plus grand patineur de tous les temps. »

Quand même, Stéphane était un peu gêné de son équipement. Ses patins étaient non seulement d'occasion — « portés une seule saison », avait dit l'annonce dans le journal —, mais ils arboraient encore le numéro de leur propriétaire précédent, le 16, peint en blanc sur le talon, alors que Stéphane portait le numéro 7. Il espérait que les joueurs de l'autre équipe ne penseraient pas que le « C » du capitaine était aussi un reliquat d'un autre hockeyeur. Il n'était pas le meilleur joueur des Carcajous, après tout — en tout cas, pas quand Anou était avec l'équipe —, et certainement pas le plus grand. En fait, jusqu'à l'arrivée de Simon-Pierre, il avait toujours été le plus petit.

La rondelle tomba sur la glace et, en un instant, le coût de l'équipement n'eut plus aucune importance. Anou capta la rondelle dans les airs, comme à son habitude, Dimitri la ramassa et vira aussitôt vers l'arrière, la passant à Sim qui se déplaçait déjà de côté pour éviter une première mise en échec.

Stéphane connaissait la manœuvre. Il savait que Sim le chercherait des yeux. Il traversa la patinoire de bord en bord, à cheval sur la ligne. De cette façon, même si Sim lançait de la zone des Carcajous, il ne serait pas hors-jeu.

Sim lança la rondelle vers la tête de Stéphane. Pas de problème ; ils avaient déjà parlé de cette tactique, même si c'était la première fois que Sim l'essayait pendant un match.

Stéphane attrapa le disque avec son gant et le fit tomber directement sur son bâton. Le champ était libre du côté droit — celui de Dimitri —, et les deux ailiers échangèrent leurs postes. Stéphane savait qu'Anou aurait fait une boucle et qu'elle se trouverait juste derrière lui lorsqu'il franchirait la ligne bleue. Il laissa donc la rondelle glisser entre ses patins et fonça

« accidentellement » dans le défenseur qui s'approchait, le retirant ainsi du jeu. Anou esquissa un lancer frappé — le défenseur d'Ann Arbor se planta devant elle, raide et hésitant, un gant sur le visage —, mais elle fit plutôt une passe parfaite à Dimitri, qui était maintenant hors l'aile. Dimitri décocha un foudroyant tir sur réception, haut derrière le gardien qui avait fait l'erreur de s'avancer pour couper l'angle d'Anou.

Carcajous 1, Wings 0.

— Sont encore dans le brouillard, ricana Sim pendant un changement de ligne.

Il avait raison. Et Max aussi, d'ailleurs. On a beau acheter le meilleur équipement du monde, on n'achète pas le talent. Et le talent ne se trouvait pas du côté des Wings.

À la fin de la période, les Carcajous avaient porté la marque à 4 contre 1 grâce au but de Dimitri, à un long tir de Normand qui avait rebondi sur la glace avant de glisser à côté du gardien, à un petit lancer sec de Claude Blackburn et à un beau but de Simon-Pierre, qui — à la surprise générale — avait contourné la défense des Wings et décoché la rondelle au-dessus de l'épaule du gardien d'un rapide tir du revers.

Max n'avait rien à dire aux Carcajous durant la brève interruption entre les périodes. Ils jouaient bien, mais surtout, les adversaires n'étaient pas très forts. Max semblait toujours plus préoccupé pendant les matches comme celui-là que lorsque la lutte était serrée. Il prétendait que les combats inégaux encourageaient les mauvaises habitudes. Ce qu'il voulait dire, évidemment, c'est que plus les choses semblaient faciles, plus Sim avait tendance à « manger » la rondelle.

Stéphane s'assit sur le banc, cherchant à reprendre son souffle. Il n'avait jamais joué dans une telle humidité. Il avait l'impression de boire l'air plutôt que de le respirer. Les autres plaisantaient toujours en disant qu'il ne transpirait jamais, mais aujourd'hui, il était en nage.

— Allons-y! ordonna Max au signal de fin de la pause. Et souviens-toi, Sim, que si tu essaies une seule fois un de tes trucs de supervedette, tu viens jouer sur le banc. C'est compris?

— Compris! répondit Sim d'une petite voix flûtée.

Les Wings semblaient un peu plus combatifs qu'en première période et marquèrent un deuxième but avant que les Carcajous ne reprennent les choses en main. Mais, une fois revenus aux commandes, les Carcajous s'attachèrent tout simplement, méthodiquement, à tuer le temps en attendant la fin du match. Max n'aimait pas qu'une équipe — que ce soit les Carcajous ou n'importe quelle autre — essaie d'écraser un adversaire qui n'était pas de taille.

Anou, en particulier, excellait à ce que Max appelait « tricoter avec la rondelle ». Elle était capable de la garder indéfiniment, en tournant sans fin sur la patinoire jusqu'à ce que les joueurs de l'autre équipe n'en puissent tout simplement plus.

— Je vais essayer de tirer entre mes jambes, annonça Sim à Stéphane en s'assoyant sur le banc à côté de lui après un autre tour où il ne s'était rien passé d'intéressant.

Pendant toute la saison, Sim avait tenté de marquer un but comme celui qu'on voyait dans la vidéo réalisée sur Mario Lemieux après la retraite de cette grande vedette des Penguins de Pittsburgh. Les Carcajous étaient tous d'avis que c'était le plus beau but qu'ils aient jamais vu : Lemieux fonçait vers le gardien, poursuivi par un adversaire, et réussissait un but absolument stupéfiant en étirant son bâton vers l'arrière, entre ses jambes, et en décochant la rondelle au-dessus du pauvre gardien.

— Penses-y même pas ! avertit Stéphane.

Mais, dès qu'il en eut la chance, Sim ramassa la rondelle derrière son propre filet et s'élança sur la patinoire, tricotant et louvoyant à qui mieux mieux, avant de prendre subitement de la vitesse et de diviser la défense des Wings. Il se rendit jusqu'au but adverse, Anou à ses trousses. Elle donna un coup de bâton sur la glace par deux fois, pour faire comprendre à son coéquipier qu'elle voulait la rondelle.

Mais Sim avait autre chose en tête. Il se retourna à demi, en laissant la rondelle glisser, passa son bâton par l'arrière entre ses jambes et, d'un coup vif du poignet, réussit à se faire trébucher lui-même — tout seul sur une échappée! Jean-Yves Simard n'avait pas tout à fait la même portée que Mario Lemieux…

La rondelle glissa doucement à côté du but. Sim, couché sur une épaule, alla percuter la bande tellement fort que ses patins faillirent y rester accrochés.

L'arbitre siffla, et tout le monde se précipita pour voir si Sim était blessé.

Il était étendu de tout son long sur la glace et gémissait faiblement.

— Ça va, mon garçon? demanda l'arbitre.

Sim cligna des yeux.

— Vous allez annoncer un tir de pénalité? demanda-t-il d'une petite voix d'enfant de chœur.

Ce fut au tour de l'arbitre de cligner des yeux.

— Pourquoi?

— Quelqu'un m'a fait trébucher sur une échappée, non?

Sim se releva en grimaçant. Sous les applaudissements de quelques spectateurs, heureux de voir qu'il n'était pas blessé, il se dirigea lentement, péniblement, vers le banc des Carcajous. Il s'assit tout au bout, enleva son casque et laissa tomber ses gants.

Le match, pour lui, était terminé.

CHAPITRE 5

— Viens voir ça !

C'était Sim, la bouche pleine de mousse. Ce qu'il avait vu était tellement excitant qu'il n'avait même pas fini de se brosser les dents. Il arrivait en courant à la tente, où Stéphane venait de se lever et mettait ses sandales.

— Mais où sont mes lunettes ?

— Sur ta tête, nono ! l'informa Stéphane.

Sim arracha les lunettes fumées perchées sur son crâne et les lança sur son sac de couchage.

— Pas celles-là — les lunettes à rayons X !

Sim farfouillait dans la tente comme un ours dans un dépotoir, retournant les sacs et tripotant tout ce qui lui tombait sous la main — que ce soit à lui ou pas.

Il émergea finalement, l'air triomphant, du coin où il avait placé ses affaires.

— Je les ai ! cria-t-il en brandissant les fameuses lunettes. Allons-y !

— Allons où ?

— Suis-moi, tu vas voir !

Stéphane lui emboîta le pas, et les deux amis prirent en courant le sentier qui menait aux douches et à la salle de lavage. Sim soufflait comme un taureau, le t-shirt déjà cerné de transpiration. Après avoir galopé un moment sur le sentier, il obliqua tout à coup vers un buisson touffu, presque en face de la cabine des douches.

Quand Stéphane le rejoignit, Sim essayait de mettre ses lunettes à rayons X, mais il avait les paumes tellement moites qu'elles n'arrêtaient pas de lui glisser des mains.

— Qu'est-ce qu'on fait ici ? chuchota Stéphane.

— Tu vas voir.

Il y avait tout un va-et-vient de campeurs — des hommes portant leur trousse à rasage et des femmes enturbannées d'une serviette pour se sécher les cheveux —, mais Stéphane ne voyait vraiment rien de très exceptionnel.

— Là ! siffla Sim.

Stéphane n'eut pas besoin de se le faire dire deux fois. Une femme venait de sortir de la cabine des douches. Une femme extraordinairement belle, aux longues jambes minces et à la taille de mannequin, qui s'était enroulée dans une énorme serviette de plage pour retourner à son campement.

— Merde ! jura Sim.

Ses lunettes à rayons X venaient de glisser de son

nez luisant et avaient disparu dans le buisson. Il entreprit de les retrouver à travers le fouillis de branches.

Stéphane, pendant ce temps, ne quittait pas la femme des yeux.

Il eut l'impression qu'elle avait un peu peur. Pas de Sim, qui fourrageait toujours dans le buisson, mais de quelque chose d'autre.

Deux hommes l'attendaient au bout du sentier. Tous deux portaient d'épaisses lunettes noires. Le premier, le crâne rasé, était vêtu d'un pantalon à imprimé de camouflage. L'autre avait les cheveux sombres, attachés en queue de cheval, et portait un maillot des Bulls de Chicago. Ils n'avaient pas l'air de campeurs ordinaires.

L'homme à la queue de cheval saisit la femme par le bras lorsqu'elle arriva à sa hauteur et l'entraîna rapidement dans la direction opposée. Son compagnon au crâne rasé les attendait en regardant aux alentours, comme pour s'assurer qu'ils n'étaient pas suivis.

— Je les ai! annonça Sim en émergeant de son buisson.

Il avait le visage plein de terre, et ses précieuses lunettes étaient toutes sales. Il avait l'air totalement ridicule.

— Où est-ce qu'elle est? demanda-t-il.

Stéphane lui montra l'homme au crâne rasé.

— Elle est partie par là. Mais j'ai l'impression que tu ferais mieux de rester tranquille si tu veux pas te faire démolir tes imbéciles de lunettes.

— Comment ça?

— Je pense que c'est un garde du corps, ou quelque chose du genre.

Sim enleva ses lunettes et cligna des yeux pour se débarrasser de la sueur qui lui dégoulinait sur le front. Il semblait réfléchir.

— Tu veux dire que c'est peut-être une vedette de cinéma?

— Dans un camping? Ça m'étonnerait.

— Eh ben, alors, c'est qui?

— Aucune idée!

CHAPITRE 6

— Faut pas lui dire! chuchota Anou. Pas un mot, c'est promis?

Elle fit rapidement la tournée des Carcajous, assemblés à l'ombre des arbres en attendant leur tour pour l'attraction la plus populaire de Disney et des Studios MGM : la Twilight Zone Tower of Terror… la Tour de la terreur!

Les Carcajous s'étaient levés de bonne heure pour leur première journée complète à Walt Disney World. Ils voulaient visiter la plupart des attractions des Studios MGM dans l'avant-midi, après quoi ils se dirigeraient vers le Magic Kingdom pour regarder le défilé le long de Main Street, U.S.A., avant d'aller manger sur le Boardwalk en attendant les feux d'artifice qui devaient clôturer la journée.

La fameuse tour avait alimenté les conversations pendant une bonne partie du voyage vers la Floride. Kling, qui avait visité Disney World l'année précédente, n'avait pas arrêté d'en parler.

— L'ascenseur, avait-il annoncé, fait une chute de treize étages… en moins de deux secondes et demie !

Dès que M. Blackburn eut engagé son autobus bondé sur le chemin d'accès à Disney World, tous purent constater que la Tower of Terror était en effet une des principales attractions du parc. Attachés à un immense panneau installé sur la médiane, des mannequins plus grands que nature étaient suspendus à un ascenseur tordu, le visage déformé par la terreur et les cheveux dressés sur la tête.

— Ça ressemble à la coiffure que t'avais en Suède ! avait lancé Lars à Sim.

— Très drôle ! avait protesté Sim, secrètement ravi que tout le monde se rappelle le nouveau « look » qu'il avait essayé à Stockholm.

— De toute façon, il ira même pas ! avait dit Anou. Il a le vertige, vous vous souvenez ?

— C'est pas vrai !

— Ah non ? avait rétorqué Anou. Alors, pourquoi t'as fait toute une histoire quand on a escaladé la montagne, à Lake Placid ?

Comme s'ils avaient répété la scène, plusieurs des Carcajous s'étaient retournés à l'unisson et s'étaient écriés, en exagérant la voix de Sim :

— Je vais vomir !

— Pas question !

— T'iras pas, avait répété Anou, sûre d'elle.

— Chiche que j'y vais ! Combien tu paries ? Un

dollar? avait répliqué Sim, la lèvre inférieure avancée, mettant Anou au défi.

— OK, mon gros!

Même s'ils ne devaient monter dans la tour qu'en fin de journée, ils n'avaient guère eu le loisir d'oublier la visite prévue — et le pari qu'elle avait suscité. Parfois lointains, parfois tout proches, le grincement des roues d'engrenage, le crissement des câbles qui glissaient et les hurlements des visiteurs les avaient suivis partout — jusque dans le Catastrophe Canyon. Pour la moitié des Carcajous, ces cris étaient un avertissement, et pour les autres, une invitation. Stéphane ne savait pas trop dans quel camp il se rangeait; c'était à la fois tentant et terrifiant.

La file était longue pour cette attraction des plus populaires. Un panneau indiquait qu'ils en avaient encore pour quarante-cinq minutes à attendre. Heureusement, ils étaient à l'abri du soleil.

La file, qui s'étirait en une courbe sinueuse vers l'entrée du manège, était ombragée d'arbres remplis d'oiseaux. On pouvait acheter des boissons et de la crème glacée, et les Carcajous oublièrent bientôt leur impatience en bavardant de leur journée tout en progressant de quelques pas à la fois. Plusieurs essayèrent d'attraper un des petits lézards qui rampaient à vive allure sur les murs et les troncs d'arbres. Kling avait apporté l'appareil Polaroïd de son père et voulait désespérément une photo de lui tenant dans sa main une de ces mignonnes petites bêtes. Mais les lézards étaient trop rapides.

Simon-Pierre et Stéphane étaient les plus silencieux, chacun essayant de son côté de calmer ses propres craintes. Sim — à grands renforts de battements de bras et de stupides « Cot-cot-cot-codette Audette! » — avait déjà prédit que Simon-Pierre se dégonflerait avant d'arriver. Stéphane espérait sincèrement que ce serait Sim qui se dégonflerait, plutôt que Simon-Pierre, et il comptait bien rassembler toute l'équipe des Carcajous pour une petite danse du « Cot-cot-cot-codette » autour de Sim lorsque Anou réclamerait son dollar. Ça lui apprendrait!

Sim semblait en train de ramasser ses forces. Plus on approchait de l'entrée, plus il se faisait silencieux. Il se tenait sur le côté de la file, les yeux fermés et les bras croisés sur la poitrine. Il était dans un autre monde, luttant contre son fameux vertige.

Il ne se rendit même pas compte qu'un oiseau au plumage brillamment coloré s'était posé sur une branche juste au-dessus de lui et avait lâché une flaque de liquide blanchâtre qui lui avait atterri directement sur la tête.

— Et marque! s'écria Lars.

— Chut! siffla Anou, en bondissant devant Sim et en se tournant vers ses coéquipiers, dont la plupart montraient du doigt, en riant, un Sim encore à mille kilomètres de là, les yeux toujours fermés.

— Faut pas lui dire! Pas un mot, c'est promis?

Les Carcajous étouffèrent leurs rires. Normand pointa silencieusement vers l'appareil photo de Kling, qui comprit le message. Avec l'aide de Normand et de Claude, Kling se jucha sur le mur de béton et dirigea son Polaroïd vers le magnifique couvre-chef dont était coiffé son coéquipier. Sim ne sourcilla même pas quand le flash lança son éclair, et Normand et Claude aidèrent aussitôt Kling à redescendre.

Chose étonnante, personne ne dit rien dans la foule qui continuait d'avancer centimètre par centimètre. Sim suivait le mouvement, à moitié conscient. Quelques touristes le remarquèrent, mais les Carcajous leur firent signe de garder le silence. Kling retira la pellicule de son appareil et, après quelques secondes d'attente, enleva délicatement le revêtement protecteur pour révéler un portrait parfait de Sim et de sa coiffure nouveau genre. Il réussit à faire circuler la photo sans déclencher de fous rires hystériques. Quand les Carcajous l'eurent tous vue, Anou la prit des mains de Kling et la rangea soigneusement dans la pochette qu'elle portait autour de la taille.

Sim n'avait pas encore repris ses esprits quand ils atteignirent l'entrée du manège. Ils se dirigèrent vers un endroit qui ressemblait à un vieil hôtel délabré, où régnait une odeur de moisi et de poussière. Il y avait sur les tables des journaux de 1939 — bien avant la naissance de leurs parents! Ils traversèrent le lobby et arrivèrent à la bibliothèque. La tension était de plus en plus palpable.

Une fois dans la bibliothèque, ils eurent l'impression que la foudre tombait dans la pièce et virent apparaître un téléviseur dans un grand éclair blanc. On y présentait l'introduction d'une vieille émission de la série « The Twilight Zone », que certains des jeunes avaient déjà vue dans sa version française intitulée « Au-delà du réel ». Stéphane ne put retenir un frisson en entendant un homme raconter d'une voix caverneuse l'histoire de la famille qui avait disparu pour l'éternité quand un éclair comme celui qu'ils venaient de voir avait frappé le vieil hôtel, éjectant à travers le toit de l'immeuble l'ascenseur où se trouvaient les parents et leur petite fille, et les précipitant loin dans l'espace sidéral… loin au-delà du réel.

Ils quittèrent la bibliothèque pour se rendre à la salle des machines, où une autre file serpentait jusqu'au seul ascenseur qui fonctionnait encore : l'ascenseur de service. Stéphane pouvait presque sentir dans la foule l'odeur de la peur. Les cris des gens qui se trouvaient dans l'ascenseur étaient maintenant beaucoup plus forts, et les grincements de la machinerie, suivis de craquements sinistres, semblaient encore plus alarmants. Stéphane avait la bouche sèche et les mains moites.

Ils venaient à peine d'arriver dans la salle des machines quand Simon-Pierre perdit tous ses moyens. Il s'immobilisa un instant, tremblant de la tête aux pieds, puis tourna brusquement les talons et se précipita vers l'entrée.

Malheureusement, Sim l'avait vu. Il lança un « Cot-cot-cot-codette Audette est une poule mouillée ! » moqueur, que Normand reprit aussitôt en écho, et les deux compères se mirent à se dandiner en agitant les bras tandis que Simon-Pierre s'enfuyait en courant.

En voyant leurs taquineries, Stéphane était encore plus déterminé à rester coûte que coûte jusqu'au bout.

Il y avait beaucoup de monde dans la salle des machines. Stéphane avait la gorge serrée ; il avait l'impression que les murs se refermaient sur lui. Il savait qu'à partir de là, il serait entassé avec les autres dans un ascenseur, et l'idée d'être enfermé dans un endroit à ce point exigu lui paraissait aussi affolante que la perspective de plonger du haut de treize étages.

L'atmosphère était de plus en plus tendue. La foule avançait lentement, centimètre par centimètre, et semblait de plus en plus dense. Stéphane respirait avec difficulté. Son cœur emballé faisait des bonds désordonnés dans sa poitrine.

Il y avait un panneau à côté des dernières marches menant à l'ascenseur. Stéphane y lut l'avertissement suivant : « Déconseillé aux personnes sujettes à l'angoisse dans les espaces clos. »

Il était maintenant tout à fait incapable d'avaler. Il avait la chemise collée sur le dos, et son cœur battait à tout rompre. Il ne pouvait pas rester là !

Il jeta un coup d'œil à la ronde. Personne ne le regardait ; Sim et Normand étaient loin en avant. Sim semblait avoir conquis sa peur, d'une manière ou d'une autre, ou alors il était tellement déterminé à donner tort à Anou qu'il avait décidé qu'il n'avait pas le choix. Mais Stéphane était incapable d'avoir ce courage, simulé ou non. Tout simplement incapable…

Tous les yeux étaient rivés sur les portes de l'ascenseur, toutes les oreilles tendues vers le grincement des roues d'engrenage, le sifflement provoqué par le glissement des câbles et les épouvantables hurlements de terreur qui venaient d'en haut. Stéphane déchiffra rapidement la deuxième phrase de l'avertissement : « Les visiteurs qui souhaitent changer d'idée peuvent sortir à droite. »

Il hésita un instant. Il jeta un coup d'œil vers l'« ascenseur de service » dans lequel on entassait un groupe de touristes. Certains criaient déjà. Une jeune femme tenta de se sauver, en pleurs, mais son compagnon la rattrapa et la ramena à l'intérieur de l'ascenseur. Les gens qui attendaient l'ascenseur suivant se mirent à rire.

Stéphane n'en pouvait plus. Il s'assura que personne ne le voyait et se rua vers la sortie — vers la sécurité ! Après avoir franchi une autre porte et pris un autre ascenseur, ouvert celui-là, il se retrouva rapidement dehors sous le soleil de la Floride et put enfin reprendre son souffle.

Il s'était dégonflé !

Stéphane se sentait misérable. Même en se bouchant les oreilles, il entendait distinctement tous les sons provenant de la tour — le glissement des câbles, le grincement des roues dentées, le craquement sinistre de la trappe qui s'ouvrait en se brisant, le sifflement du vent lorsque l'ascenseur dégringolait, et surtout les interminables hurlements de terreur.

Il attendit les autres près de la sortie, à côté des toilettes. Il y avait une boutique de souvenirs où on vendait de tout, depuis les t-shirts portant l'inscription « I survived the Tower of Terror » jusqu'aux tasses à café illustrées d'une photo de la tour. La boutique contenait même un kiosque où on vendait des photos, probablement prises au sommet de la tour, au moment où la terreur était à son paroxysme. L'apparence des mannequins ornant le panneau publicitaire n'était pas exagérée : les gens avaient littéralement les cheveux dressés sur la tête !

Stéphane vit des touristes sortir de la tour et entrer dans la boutique avec des rires de soulagement. Il remarqua Simon-Pierre, debout juste à côté de la porte.

Sa première pensée fut d'appeler son coéquipier. Mais il se ravisa et décida de garder le silence. Il savait que tout le monde s'était aperçu du départ de Simon-Pierre, mais il était à peu près certain que personne ne l'avait vu s'éclipser. Et comme les Carcajous n'avaient pas tous pu prendre le même ascenseur, peut-être que personne ne se rendrait compte qu'il s'était défilé. Tant que Simon-Pierre ne le voyait pas, il avait une chance de garder son secret pour lui.

Il se dissimula derrière un présentoir de tasses à café. Il se sentait ridicule et avait l'impression de trahir ses propres coéquipiers. Simon-Pierre ne pouvait pas le voir là où il était, et les autres Carcajous ne s'apercevraient peut-être pas de son absence en sortant de la tour.

Stéphane les entendit avant même de les voir. C'était évidemment Sim qui parlait le plus fort, l'air important.

— Y avait rien là, les gars! J'aurais dû parier vingt dollars!

Ils tournèrent le coin en bloc, riant, se poussant et se bousculant, tous habillés de t-shirts qu'ils avaient ramassés un peu partout, à Lake Placid, dans l'État de New York, à Malmö, en Suède. Quelques-uns portaient leur casquette des Carcajous. Sim, bien sûr, avait un autre genre de casquette… La crotte d'oiseau avait survécu au voyage!

— Hé! cria Sim. Venez voir les photos!

Stéphane vit Kling faire un clin d'œil à Lars. Les Carcajous se hâtèrent pour voir la tête que ferait Sim quand il se rendrait compte de ce qu'il avait sur le crâne. Stéphane se glissa discrètement dans le groupe.

— C'était super, hein? fit Normand en apercevant Stéphane à côté de lui.

— Ouais, répondit Stéphane. Super.

— Où t'étais? On t'a pas vu.

— J'ai pris l'autre ascenseur.

Stéphane n'était pas fier. À strictement parler, il

n'avait pas menti. L'expérience avait de toute évidence été « super », et il avait effectivement pris un autre ascenseur. Mais pas pour monter dans la tour…

— Allez, crache! ordonna Sim à Anou. J'ai besoin de sous pour acheter une photo de moi.

Il s'empara du dollar qu'Anou lui tendait — et qu'il avait bien gagné — et se fraya un chemin en jouant des coudes jusqu'à l'avant de la file.

— Mais qu'est-ce que…?! hurla-t-il.

L'homme qui tenait le kiosque de photos venait tout juste d'afficher celle des Carcajous. Les longs cheveux d'Anou étaient dressés à la verticale, tout comme ceux de Lars. Mais ceux de Sim étaient complètement plats, emprisonnés sous un amas blanchâtre.

— La photo a été mal développée! lança Sim à l'homme, en criant presque.

L'homme se contenta de regarder le sommet de la tête de Sim et haussa les épaules, le sourire en coin.

— Ça m'a l'air assez fidèle, pourtant, fit-il.

Sim se glissa précautionneusement la main sur l'oreille, puis jusque sur le sommet du crâne, où il trouva… ce qu'il craignait de trouver!

— Qui a fait ça? demanda-t-il en se tournant vers les Carcajous.

— Je pense que c'était un cardinal, répondit Michel, qui savait toujours tout sur presque tout.

Les Carcajous éclatèrent tous de rire, sauf Sim, bien entendu. Il tira rageusement un mouchoir de sa poche et commença à se tamponner les cheveux avec une moue de dégoût. Il jeta un coup d'œil à la ronde, aperçut les toilettes et s'y précipita.

— Vite ! fit Anou. Il faut lui acheter sa photo. Vous savez comme il aime ramasser des souvenirs partout où il passe !

Ils recueillirent l'argent aussi vite que leurs mains purent plonger dans leurs poches et en ressortir billets ou petite monnaie. Anou régla l'achat, l'homme lui remit la photo dans un sac, et les Carcajous allèrent attendre Sim à l'extérieur.

Simon-Pierre était toujours là, l'air malheureux. Personne ne lui dit mot. Tout le monde savait ce qui s'était passé, et Simon-Pierre savait que tout le monde le savait. Personne ne semblait toutefois se douter que Stéphane s'était enfui, pas même Simon-Pierre. Stéphane s'en voulait un peu de tricher de cette façon, mais il ne pouvait pas se résoudre à dire à Simon-Pierre qu'il s'était défilé lui aussi.

Quand Sim finit par ressortir des toilettes, on aurait dit qu'il s'était lavé la tête. C'est peut-être ce qu'il avait fait, d'ailleurs, penché sur le lavabo pour se faire un shampoing avec l'horrible liquide rose du distributeur à savon. Ses cheveux bien peignés reluisaient, sans qu'on puisse y déceler la moindre trace de blanc. Il n'avait pas l'air d'humeur à rire. Il s'avança vers Anou et se carra devant elle, agitant furieusement les lèvres avant même de parler.

— Donne-moi ça ! lui ordonna-t-il.

— Quoi, ça ?

— La photo.

— Quelle photo?

— La photo que tu as dans ce sac-là.

Anou regarda le sac comme si elle l'apercevait pour la première fois.

— Ah! fit-elle. Ça?

— Donne-la-moi!

— On allait te la donner, Sim. C'est un cadeau de notre part à tous, pour que tu puisses jamais oublier ton voyage en Floride.

Sim arracha le sac des mains d'Anou, en sortit la photo et, sans même la regarder, la déchira en mille morceaux. Il se dirigea ensuite vers la poubelle la plus proche et y jeta ses confettis.

Il se retourna vers Anou en se frottant les mains.

— Voilà! fit-il en lui décochant un sourire sarcastique. C'est déjà oublié!

Anou, loin de se tenir pour battue, se contenta de sourire et d'agiter la main derrière le dos de Sim tout en tapotant la pochette qu'elle portait à la taille. La pochette où se trouvait toujours la photo Polaroïd de Kling, bien à l'abri des mains potelées de Jean-Yves Simard…

— Pas tout à fait, murmura-t-elle, en tapotant de nouveau sa précieuse pochette.

CHAPITRE 7

L es Carcajous étaient arrivés en avance pour le défilé le long de Main Street, U.S.A. Ils firent donc le tour des boutiques pour passer le temps en attendant. À l'Emporium, où Anou et Kling faisaient la queue pour faire broder leur nom sur les oreilles de souris qu'ils venaient d'acheter, Stéphane crut voir la belle jeune femme du camping. Il le signala à Sim.

— Dommage! répondit Sim. J'ai pas apporté mes lunettes à rayons X!

Stéphane secoua la tête.

— Ça marche même pas!

— C'est parce qu'il faut y croire, répondit Sim.

Stéphane secoua la tête de nouveau. À quoi bon discuter avec Sim? Et comment, se demandait-il, ce lunatique avait-il bien pu devenir son meilleur ami?

Même sans ses lunettes, Sim voulut aller voir si c'était bien la même jeune femme. Stéphane l'avait entrevue au rayon des livres, en train d'acheter un

guide du Magic Kingdom, et les deux amis s'y dirigèrent à la hâte pour l'apercevoir avant qu'elle parte.

Il y avait effectivement une jeune femme par là.
Elle était en train de déposer son achat dans un gros
carrosse dont la capote était baissée, sans doute pour
protéger son bébé du soleil.

— C'est pas elle, dit Sim en s'éloignant.

Stéphane n'en était pas si sûr. Il pouvait se tromper, évidemment. Mais peut-être que le bébé dormait
quand ils avaient vu la femme au terrain de camping
et que l'homme au crâne rasé était son mari. Ou
l'autre, à la queue de cheval.

Les Carcajous continuèrent à passer le temps en
allant voir les manèges de Fantasyland — Mr. Toad's
Wild Ride, Legend of the Lion King, It's a Small
World —, tout juste bons pour les « petits »… sûrement pas pour des gens qui avaient survécu à la Twilight Zone Tower of Terror !

Ce qui, évidemment, donna à Sim de nouvelles
idées de taquineries. Il essaya de convaincre Simon-
Pierre de monter dans un des manèges et le suivit
quelque temps, avec Normand et Jean-Louis, en
chantonnant d'une petite voix d'enfant : « *It's a small
world after all… It's a small world after all…* »

Jean-Louis n'avait pas l'air très à l'aise et se tut
après la première ligne. Normand fit de même après la
deuxième. Mais Sim ne savait pas quand s'arrêter. Il
continua à chanter d'une voix haut perchée en tour-
noyant autour de Simon-Pierre. Comme Peter Pan

qu'on apercevait un peu plus loin, Simon-Pierre aurait bien voulu pouvoir s'envoler.

Stéphane attendit que Sim s'interrompe une seconde pour intervenir.

— Ça suffit, Sim! murmura-t-il.

— Oui, mon capitaine! aboya Sim en retour. Au moins, il avait arrêté de chanter.

— On ferait mieux de se trouver une place pour regarder le défilé, fit remarquer Anou en regardant sa nouvelle montre de Minnie Mouse.

Ils se hâtaient pour retraverser Fantasyland et le Liberty Square, juste en face du pavillon des Présidents, quand Sim, qui avait pris la tête du groupe, imposa un arrêt brusque aux Carcajous.

— C'est Goofy! s'écria-t-il.

Sim pointait le doigt vers le côté du pavillon. L'objet de son attention, debout dans l'ombre dense du bâtiment, était à moitié dissimulé par un camion d'entretien stationné là.

— Goofy! cria Kling en cherchant son appareil photo.

— Venez! appela Sim. Je veux faire prendre ma photo avec lui!

Les Carcajous bifurquèrent comme un essaim d'abeilles, se dirigeant tout droit vers le pavillon des Présidents et le camion d'entretien.

— Hé, là! leur cria un ouvrier en uniforme lorsqu'ils débouchèrent derrière le camion. C'est interdit au public ici. Allez-vous-en!

— On veut seulement voir Goofy, protesta Sim. On vient de l'apercevoir par ici!

L'homme regarda sa montre d'un air mécontent.

— Le défilé commence dans quinze minutes, les jeunes. Vous le verrez là-bas.

Au même moment, la porte de côté s'ouvrit pour laisser passer Goofy, avec son grand sourire de bon chien, ses longues oreilles noires tombantes, ses paupières à demi fermées, sa chemise rouge, son gilet jaune, son pantalon noir et ses gants blancs à trois doigts. Exactement comme dans le dessin animé que les Carcajous aimaient particulièrement, et dans lequel Goofy essayait de jouer au hockey sur un étang gelé.

— Goofy! cria Sim.

Goofy se retourna brusquement pour voir qui l'appelait, puis s'éloigna dans la direction opposée. «Il doit se rendre au défilé, pensa Stéphane. Il a pas le temps de s'arrêter pour toutes les photos et tous les autographes que les Carcajous vont lui demander.»

Mais Sim lui cria de nouveau :

— Hé! Goofy! Attendez-nous!

Normand et Kling sur les talons, Sim contourna le camion en courant et passa juste à côté de l'ouvrier d'entretien, qui avait tendu le bras pour tenter de l'intercepter. Dépassant à toute allure la porte qui venait de se refermer, il rattrapa Goofy par le bras juste comme celui-ci s'apprêtait à disparaître entre deux bâtiments.

— Allez, monsieur Goofy! Tout ce que je veux, c'est une photo pour prouver que je vous ai rencontré!

Goofy se retourna en essayant de se débarrasser de Sim. Quand il se mit à parler, la voix assourdie qui provenait de l'intérieur de son costume semblait irritée.

— Il y a une séance de photos à la fin du défilé, mon garçon.

— On le sait, monsieur Goofy. Mais on pourra jamais arriver jusqu'à vous, à travers tous les parents et toutes les poussettes. Juste une petite photo, d'accord?

Goofy secoua la tête avec impatience, mais Kling avait déjà sorti son Polaroïd. Sim prit la pose comme si Goofy et lui étaient les meilleurs amis du monde. Il fit un grand sourire « m'as-tu-vu? » et saisit Goofy par la taille.

Décidément, Goofy ne s'en sortirait pas si facilement! Résigné, il passa rapidement un bras autour des épaules de Sim, prit la pose, et Kling déclencha son appareil.

— Juste une! fit Goofy. Il faut que je parte!

— Pas de problème, monsieur Goofy. On vous reverra plus tard.

Sim n'en demandait pas plus. Il avait sa photo.

Goofy s'éloigna à la hâte entre le pavillon des Présidents et le Liberty Square Riverboat, et les Carcajous rebroussèrent chemin vers le château de Cendrillon pour assister au défilé. Au même moment, l'ouvrier d'entretien grimpa dans son camion et vint virer brusquement juste devant eux. Stéphane aperçut son visage au passage. Il avait l'air furieux. « Comment diable a-t-il pu se faire embaucher ici ? » se demanda Stéphane. Tous les autres travailleurs de Disney World étaient extrêmement gentils et serviables, mais cet homme les avait traités comme s'ils n'avaient pas le droit d'être là et de déranger un personnage aussi important que M. Goofy.

Les Carcajous arrivèrent à Main Street, U.S.A. juste à temps pour le début du défilé. Ils se faufilèrent dans la foule pour se poster le plus près possible de la rue. C'était magnifique, avec les fanfares qui jouaient les airs de toutes les chansons de Disney et les chars allégoriques brillamment colorés qui montraient des scènes des films les plus connus : *Le Roi Lion, Aladin, La Belle et la Bête, La Petite Sirène*… Et, fermant la marche, un énorme char sur lequel trônaient les personnages les plus populaires des dessins animés de Disney : Mickey et Minnie, Pluto, Blanche-Neige, Donald le Canard, Dumbo… et, bien sûr, Goofy.

Les Carcajous étaient parfaitement bien placés. Le défilé s'arrêta juste devant eux pour un « moment magique », pendant lequel les personnages du dernier char descendirent danser avec les enfants, serrer des mains dans la foule et poser pour les photographes. Stéphane serra la main de Mickey Mouse. Et tant pis pour le ridicule !

Sim, bien sûr, eut une nouvelle chance de rencontrer Goofy — qui était maintenant de bien meilleure humeur. Il se laissa photographier plusieurs fois avec Sim, puis avec Anou et Germain. Et même avec Normand, qui avait pourtant clamé qu'il était beaucoup trop vieux pour ce genre de chose, mais qui avait l'air aussi heureux que Sim de poser bras dessus, bras dessous avec Goofy pendant que Kling prenait leur photo.

— C'est M. Goofy! cria Sim, et Goofy se retourna pour lui taper dans les mains.

Anou secouait la tête d'un air ébahi.

— Les grands esprits se rencontrent, fit-elle. Comme c'est émouvant!

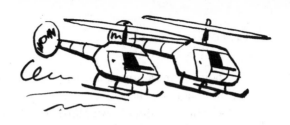

CHAPITRE 8

Les Carcajous s'éveillèrent le lendemain matin en entendant des hélicoptères survoler le terrain de camping, puis le marécage qui le bordait au sud. Les appareils étaient tellement proches que la poussière tourbillonnait encore sur les sentiers du camping quand les jeunes émergèrent de leurs tentes.

— Des hélicos de l'armée, annonça Kling.

— Qu'est-ce qu'ils font ? demanda Stéphane.

— Il y a peut-être quelqu'un qui s'est perdu dans le marécage, répondit Kling, l'imagination en ébullition. Ou qui s'est fait attaquer par un alligator pendant la nuit !

Stéphane en doutait. Il y avait peut-être une base militaire à proximité. Et les hélicoptères étaient peut-être en manœuvres. Ils n'étaient probablement pas aussi bas qu'on aurait pu le croire dans la tente, à entendre la toile claquer et les piquets vibrer, lorsqu'ils étaient passés directement au-dessus d'eux.

Les jeunes virent Max non loin de leur tente, son

gros poing fermé autour d'une tasse de café fumant. Il suivait toujours les hélicoptères des yeux.

— Qu'est-ce qui se passe? lui demanda Stéphane.

— Je n'en ai aucune idée, répondit l'entraîneur. Il y a eu d'abord des projecteurs qui ont balayé le camping toute la nuit, et maintenant ceci. Je n'ai pas fermé l'œil.

Voilà qui n'était guère surprenant. Les Carcajous avaient déjà fait au moins une douzaine de longs trajets en autobus — le dernier en date pour venir en Floride — et avaient pris l'avion aller-retour lorsqu'ils s'étaient rendus en Suède. Mais les Carcajous n'avaient jamais vu Max dormir. Somnoler quelques instants, peut-être, mais dormir pour vrai? Jamais.

— Il doit y avoir quelqu'un qui s'est perdu, avança Kling, sûr de lui.

— Je suppose, fit Max, en sirotant son café d'un air songeur. Mais ce n'étaient pas surtout les hélicoptères qui le préoccupaient :

— On joue à onze heures contre Boston. Personne ne va se baigner ce matin, compris?

— Oui, monsieur, répondit Stéphane.

Stéphane savait que Max craignait tout particulièrement l'équipe de Boston. Si les Carcajous pouvaient seulement vaincre cette équipe redoutable, ils avaient de bonnes chances de se rendre au championnat.

— Je veux que tout le monde soit dans l'autobus à dix heures au plus tard.

— Je m'en charge, répondit Stéphane. Après tout, c'était lui, le capitaine. C'était donc à lui de s'occuper de ce genre de chose.

* * *

— On a le temps !

Sim n'en démordait pas. M. Blackburn leur avait préparé pour déjeuner sa grande spécialité — crêpes, saucisses, pommes de terre rissolées, pain grillé et, comme garniture pour les crêpes, crème glacée aux bleuets. Après avoir mis de l'ordre dans les tentes, il leur restait encore une heure avant d'avoir à monter dans l'autobus avec leur équipement de hockey.

— Mais on peut pas se baigner, lui rappela Stéphane.

— Penses-tu que ça prend beaucoup d'énergie pour regarder, tout simplement ? demanda Sim, qui criait presque en secouant la tête d'un air désolé.

Stéphane finit par céder.

— Bon, allons-y ! fit-il. Autant en finir tout de suite.

Sim lança un de ses célèbres cris de ralliement — Caracajas ! Caracajous ! — et se rua vers la tente pour récupérer ses ridicules lunettes à rayons X. Normand et lui avaient trouvé une autre idée géniale pour espionner la belle jeune femme qui séjournait à l'autre bout du terrain de camping. Ils avaient repéré sa tente la veille au soir et ils comptaient s'y rendre de bonne

heure ce matin, au moment où tout le monde commençait à s'affairer, dans l'espoir de l'apercevoir
encore une fois sur le chemin des douches.

— Cette fois, je laisserai pas échapper mes
lunettes! promit Sim.

Ils se mirent donc en route, Sim loin en avant,
suivi de Normand, puis de Kling. Stéphane, le moins
enthousiaste du groupe, fermait la marche avec Lars,
qui n'était pas tellement intéressé non plus. Il était
d'avis lui aussi que l'idée des lunettes à rayons X était
totalement ridicule, puérile et immature. Mais il semblait trouver drôle de regarder Sim se comporter de
façon puérile et immature.

Simon-Pierre était aussi du groupe. Sim avait
failli lui faire son numéro de la poule, mais un coup
d'œil impérieux de Stéphane l'en avait empêché.
Simon-Pierre semblait simplement vouloir s'intégrer
à la bande.

Le sentier qui partait du secteur où campaient
les Carcajous traversait un chemin de terre, et ils
durent laisser passer un camion. Le véhicule était
muni de projecteurs des deux côtés et, même si ceux-
ci étaient éteints, les garçons eurent l'impression
qu'on leur faisait passer une inspection. Il y avait deux
hommes dans le camion; ils portaient des lunettes
noires et examinèrent attentivement les membres de
la petite bande lorsque le camion passa lentement
devant eux.

Après avoir parcouru à la hâte un dédale de sentiers, les garçons arrivèrent enfin au bout du terrain de camping. Le secteur était désert, à l'exception de l'emplacement où campait la belle jeune femme. Il y avait là plus de moustiques qu'ailleurs, et plus de broussailles. Le genre d'endroit qu'on évitait si on en avait le choix, pensa Stéphane, mais il supposa que ces gens-là avaient préféré s'installer le plus loin possible des autres campeurs.

— Chut!!! murmura Sim en se retournant, un doigt sur les lèvres.

Les six Carcajous — Sim, Normand, Kling, Lars, Simon-Pierre et Stéphane — plongèrent silencieusement dans les broussailles épaisses qui bordaient le sentier, et Sim les guida lentement vers le coin qui l'intéressait tout particulièrement.

— On y est presque! chuchota-t-il en levant une main pour leur faire signe de s'arrêter.

Il s'arrêta lui aussi, fouilla dans sa poche et en sortit les lunettes à rayons X, qu'il installa solidement sur son nez et ses oreilles. Cette fois, elles ne tomberaient pas au moment crucial!

Sim fit un pas en avant, se prit le pied dans une racine et tomba à plat ventre. Il étouffa un juron et arracha ses lunettes. Il reprit aussitôt sa progression, plié en deux. Il émergea enfin du feuillage — Stéphane pouvait distinguer les deux tentes juste au-dessus de son épaule — et remit ses lunettes. Stéphane le vit balayer les lieux du regard.

— Je vois rien! maugréa-t-il.

— Je te l'avais dit que ça fonctionnerait pas, répondit Stéphane sur le même ton.

Sim se retourna, faisant de gros yeux derrière ses étranges lunettes.

— C'est pas les lunettes, nono! Y a personne!

Normand s'avança à son tour et examina les tentes. Il n'eut pas besoin de lunettes à rayons X pour confirmer les conclusions de Sim.

— Ils sont partis.

— Ils sont peut-être allés prendre une douche, suggéra Kling.

— Non, fit remarquer Normand. On les aurait vus en venant.

— Je parie qu'ils sont à la plage, fit Sim en retrouvant son enthousiasme.

— On a pas le temps! avertit Stéphane.

— Arrête de pleurnicher, aboya Sim. On a amplement le temps. En plus, mes lunettes sont justement faites pour la plage. Tu te souviens de l'emballage?

— On a tout juste le temps, fit Normand.

— Alors allons-y! ajouta Kling.

Stéphane se tourna vers Lars, qui se contenta de hausser les épaules comme pour dire: «Autant en finir!»

Sim et Normand en tête, les garçons se mirent à courir vers la plage. Il y avait un sentier qui menait directement de ce secteur du camping au lac. C'était peut-être pour cette raison-là que les trois campeurs avaient choisi un endroit aussi isolé, pensa Stéphane. Ils avaient pratiquement un accès privé à la plage.

Le sentier était tout en méandres. Après avoir enjambé un ruisseau sur un petit pont de bois et escaladé le tronc d'un arbre tombé, ils arrivèrent enfin au dernier détour du chemin. Ils aperçurent devant eux la tache bleue du lac.

Sim leva de nouveau la main pour faire signe aux autres de s'arrêter.

— Ils sont là! siffla-t-il.

À travers les branches, il voyait les deux hommes sur la plage. La jolie jeune femme était là aussi, en maillot de bain. Elle était déjà dans l'eau, tenant à deux mains la barque que les hommes étaient en train de pousser vers elle.

— Par ici! chuchota Sim en quittant le sentier pour se diriger à pas de loup vers un bouquet d'arbres près de la plage.

Pour une fois, Stéphane dut admettre que Sim avait raison. C'était une plage publique, mais ce matin — pour une raison ou pour une autre —, on avait l'impression que le public n'y était pas le bienvenu. Stéphane ne comprenait pas pourquoi, mais ces gens-là n'avaient vraiment pas l'air de souhaiter de la compagnie. Ils ne semblaient même pas vouloir être vus.

Sim leva la main :

— Couchez-vous!

Les Carcajous se jetèrent tous à plat ventre et rampèrent aussi vite que possible vers l'épais bouquet d'arbres. Stéphane tendit un bras pour repousser une branche. Il voyait maintenant la scène très distinctement. Les hommes étaient montés dans la barque, encombrée d'un gros paquet. La femme, debout à côté, poussait l'embarcation en eau plus profonde. L'homme au crâne rasé était assis au milieu ; il plaça les rames sur leurs supports et se pencha pour imprimer un léger virage à l'embarcation. L'homme à la queue de cheval semblait être en train de ficeler le paquet.

La femme, toujours debout dans l'eau, se dirigeait maintenant vers la plage.

— Ça marche !

Les cinq autres Carcajous se retournèrent tous ensemble vers Sim. Il avait ses lunettes à rayons X sur le nez et se penchait aussi loin qu'il l'osait en dehors de sa cachette, les yeux fixés sur la jeune femme et le sourire fendu jusqu'aux oreilles.

— Magnifique ! lança-t-il.

— Laisse-moi voir ! cria presque Normand.

— Moi aussi ! fit Kling.

— Moi aussi ! ajouta Lars.

Stéphane se tourna vers Lars, surpris. Lars haussa les épaules d'un air contrit.

— Je veux juste voir si ça marche vraiment, expliqua-t-il. Mais il n'était pas très convaincant…

— Ça sera un dollar chacun, annonça Sim.

— Quoi ? s'écrièrent-ils en chœur.

— Un dollar pour regarder, précisa Sim.

— C'est pas juste, se plaignit Normand.

Sim ne répondit pas. Il se contenta de regarder, en souriant et en se congratulant :

— Magnifique… Fantastique… J'en reviens pas !…

Normand n'y tint plus.

— D'accord ! J'accepte. Allez, passe-les-moi !

— Qui d'autre ? demanda Sim.

— Moi, fit Kling.

— Moi, je suppose, ajouta Lars.

— Moi, fit Simon-Pierre d'une voix tranquille.

— Stéphane ? demanda Sim.

Stéphane n'en croyait pas ses oreilles.

— J'en ai déjà payé la moitié, tu te rappelles ?

— Oh, oui ! répondit Sim. Désolé !

Mais il avait l'air plus désolé pour lui-même que pour Stéphane.

— Laisse-moi voir ! fit Normand.

— Alors, tout le monde est d'accord ? demanda Sim. Un dollar chacun.

Tous les garçons firent oui de la tête, sauf Stéphane.

Sim enleva ses lunettes en souriant et les tendit d'abord à Normand, qui les prit nerveusement, les échappa, les ramassa, les nettoya avec ses doigts et se les mit sur le nez. Il repoussa une branche et regarda en direction de la jeune femme, qui était toujours debout au bord de l'eau, à surveiller la progression de la barque.

— Je vois rien de spécial! protesta Normand.

— Pourtant, moi, je vois très bien, fit remarquer Sim.

— C'est mon tour! fit Kling.

Normand lui tendit les lunettes. Kling les mit et regarda par la brèche entre les branches. Il resta un long moment silencieux.

— Je... je pense que je vois quelque chose, annonça-t-il enfin.

Kling enleva lentement les lunettes et les remit à Lars, qui regarda rapidement.

— Rien.

Lars tendit à son tour les lunettes à Stéphane, qui était déjà convaincu qu'il ne verrait rien. Comme les verres étaient ondulés, ils donnaient une apparence embrouillée à tout ce qu'on regardait, un peu comme sur une vidéo arrêtée. L'effet était intéressant, mais ce n'étaient certainement pas des rayons X.

— Tu t'es fait avoir, décréta Stéphane. Il passa les lunettes à Simon-Pierre, qui ne se donna même pas la peine de les essayer.

Sim souriait toujours.

— J'y peux rien si ça fonctionne pas pour vous. Ça fonctionnait très bien pour moi. Et pour Kling.

Kling ne savait pas trop quoi répondre.

— Je... pense que oui, fit-il.

Stéphane jeta un regard vers le lac.

— Regardez! fit-il.

— C'est ce qu'on fait depuis tout à l'heure! répondit Normand.

— Non! Dans le bateau!

Les six garçons reportèrent leur attention sur la barque, maintenant assez loin du rivage, et oublièrent aussitôt les lunettes à rayons X et la belle jeune femme. Le rameur était debout, comme pour surveiller les alentours, et l'homme à la queue de cheval fixait quelque chose au paquet ficelé. Les deux hommes tirèrent ensuite le paquet sur le côté de l'embarcation.

Ils le soulevèrent au prix d'un effort surhumain, et Stéphane se rendit compte que deux lourds blocs de béton y étaient attachés. Les hommes le posèrent un instant sur le bord du bateau, puis le poussèrent à l'eau. Il y eut de grandes éclaboussures, et le paquet coula à pic. Le changement de poids fit osciller la barque tellement fort que l'homme à la queue de cheval tomba assis. Mais l'embarcation ne chavira pas. L'homme au crâne rasé se remit rapidement à ramer vers le rivage, où la femme entra de nouveau dans l'eau pour attraper la barque et la tirer sur le sable pour que les deux hommes puissent sauter.

— Qu'est-ce qu'ils ont jeté à l'eau, d'après vous? demanda Normand.

— Un cadavre?! suggéra Kling.

Kling n'était pas seulement le plus naïf des Carcajous; c'était aussi celui qui avait l'imagination la plus fertile et qui avançait toujours les hypothèses les plus farfelues.

Mais, cette fois, personne n'avait envie de rire. Et personne n'avait de meilleure idée.

— On a un autobus à prendre, souligna Stéphane.

Les autres parurent soulagés d'êtres ainsi ramenés à la réalité.

— Allons-y avant qu'ils nous voient, fit Sim.

Il se retourna, baissa les yeux vers les lunettes à rayons X qu'il tenait toujours à la main et les lança dans les buissons.

— Quel gaspillage… soupira-t-il.

CHAPITRE 9

L'épisode des lunettes à rayons X fut le principal sujet de conversation dans le vestiaire, où les Carcajous se préparaient à affronter les redoutables Mini-Bruins de Boston. Certains joueurs riaient tellement qu'ils en avaient les larmes aux yeux. Sim, évidemment, était convaincu qu'en soutirant un dollar aux autres pour qu'ils essaient les lunettes, il s'était bien vengé de s'être lui-même fait avoir en les achetant.

— Y a personne qui va réussir à ridiculiser Jean-Yves Simard! claironna-t-il en commençant à lacer ses patins.

— Vraiment? demanda Anou, qui fouillait dans la poche de son sac d'équipement.

— Vraiment, déclara Sim d'un ton grandiloquent.

Anou brandit la photo Polaroïd que Kling avait prise pendant que les Carcajous attendaient en file pour entrer à la Tower of Terror.

— C'est quoi, ça, alors? demanda-t-elle à la ronde.

Sim, qui avait fini de lacer son patin gauche, leva la tête. La mâchoire lui tomba quand il se rendit compte de ce qu'Anou lui montrait : une magnifique photo de lui, coiffé de la crotte d'oiseau qui lui avait orné la tête tout le temps qu'il avait été dans la tour !

— Où t'as pris ça ? hurla-t-il. Il avait encore la bouche grande ouverte, mais il ne souriait plus du tout…

— Oh ! le taquina Anou. Disons que c'est le petit oiseau qui me l'a donnée…

— Donne-moi ça immédiatement ! fit Sim, qui se leva précipitamment et retomba aussitôt assis, trahi par son patin droit qu'il n'avait pas eu le temps de lacer.

Tous les joueurs dans le vestiaire éclatèrent de rire. Sim se releva péniblement et s'avança vers Anou, qui se dépêcha de ranger sa photo.

— Puisque t'aimes tant conclure des marchés, fit-elle, je vais t'en proposer un, d'accord ?

— Mais je paie pas un sou !

— Pas un sou, répondit-elle. Si tu nous amènes au championnat, tu pourras détruire cette preuve incriminante.

Sim s'arrêta au beau milieu du vestiaire. Il réfléchit un moment, puis regarda Anou droit dans les yeux. Elle avait gagné : Sim ne pouvait pas résister à ce genre de défi.

— Parfait ! fit-il.

* * *

« Dommage qu'on n'ait pas quelques autres pho-tos embarrassantes de Sim », se dit Stéphane au milieu de la première période.

Les Mini-Bruins de Boston étaient à la hauteur de leur réputation. Les Carcajous avaient trouvé leur gabarit et leurs tirs plutôt impressionnants pendant la période d'échauffement — pas de brouillard cette fois-ci —, et Stéphane était particulièrement inquiet parce qu'il n'avait pas réussi une seule fois à frapper la barre horizontale.

Les Mini-Bruins avaient pris très tôt une avance de deux buts, le premier sur une échappée chanceuse que Paul Sheshamush leur avait accordée en essayant de laisser la rondelle à un de ses coéquipiers, et le deuxième après un tir de la ligne bleue qui s'était fau-filé entre les jambières d'Anne-Marie Loiselle.

Max n'avait pas trouvé ça drôle. Il avait averti les Carcajous que les équipes de la région de Boston avaient beaucoup de talent. Il leur avait rappelé que bon nombre des meilleurs joueurs de la Ligue natio-nale de hockey, par exemple Brian Leetch, avaient évolué avec des équipes comme celle des Mini-Bruins. « Vous allez probablement affronter de futures vedettes de la Ligue nationale », leur avait-il dit.

Et pourtant, quelqu'un qui serait entré à l'aréna Lakeland en cette chaude matinée de mars et à qui on aurait demandé de désigner les deux joueurs pee-wee les plus susceptibles de se retrouver un jour dans la LNH aurait probablement désigné le premier centre des Carcajous, Anou Martin, et leur gros défenseur, Jean-Yves Simard. Le marché conclu entre Anou et Sim portait des fruits. Sim se démenait comme un diable dans l'eau bénite, coupant les passes, effectuant de longs tirs d'échappée vers Stéphane et Dimitri, jouant parfaitement à la ligne bleue et, pour une fois, transportant la rondelle exactement au bon moment.

Comment comprendre Sim? Pour Stéphane, Sim était à la fois son meilleur ami et le garçon le plus stupide qu'il connaissait. Sur la patinoire, il pouvait se montrer terriblement paresseux, ou alors déployer une énergie hors du commun. Aujourd'hui, heureusement, il était dans un de ses bons jours. Il permit aux Carcajous de rattraper leur retard grâce à une manœuvre brillante, en intervenant à un moment où personne ne s'y attendait. Anou avait louvoyé avec la rondelle jusqu'au bout de la patinoire et s'était dirigée vers le coin droit. Stéphane savait ce que cela voulait dire: il se lança à toute vitesse vers le but, prêt à prendre le relais. Mais Anou fit plutôt une petite passe, apparemment à l'aveuglette. La rondelle s'envola légèrement, passa par-dessus la lame du bâton de son couvreur et atterrit, parfaitement à plat, au centre de la glace où Sim, devançant les défenseurs adverses, la ramassa du bout du bâton, feinta une fois puis, se faisant un écran d'un défenseur tout étonné, prit le gardien complètement au dépourvu en décochant un dur tir vers le haut du filet. Puis, deux minutes plus tard, Sim fit une passe parfaite à Anou, qui s'élança sur une échappée et réussit le but qui porta la marque à 2 contre 2.

« Comment se fait-il, se demandait Stéphane, qu'Anou et Sim soient aussi complices sur la glace et aussi différents en dehors de la patinoire ? » Quand ils ne jouaient pas au hockey, ils se prenaient souvent aux cheveux, Sim taquinant Anou avec sa grande gueule, et Anou refusant de lui passer la moindre bêtise. Mais en les regardant disputer le match d'aujourd'hui, en voyant Sim sauter dans les bras d'Anou après que celle-ci eut marqué le but égalisateur, Stéphane n'était pas loin de croire que, dans le fond, Sim et Anou avaient vraiment beaucoup d'affection l'un pour l'autre.

La marque demeura égale jusque dans les dernières minutes du match. Anne-Marie Loiselle se montra excellente devant le filet des Carcajous, et le gardien des Mini-Bruins fut spectaculaire devant celui de son équipe, privant successivement Dimitri, puis Stéphane de bonnes chances de marquer sur des échappées.

Avec moins d'une minute à faire, Sim se détacha de sa zone et envoya une solide passe à Dimitri qui traversait le centre de la patinoire, croisant Stéphane pour changer d'aile avec lui.

Stéphane adorait cette manœuvre. Il n'aimait rien de mieux que d'arriver hors l'aile, un gaucher à l'aile droite… C'était parfait pour un tir sur réception dans le coin du filet. Dimitri se retourna, cherchant à qui envoyer la rondelle. Il vit Stéphane et lui fit la passe. Stéphane s'élança sans hésiter et décocha un tir parfait… sur la barre horizontale !

Un défenseur des Mini-Bruins attrapa la rondelle, fit volte-face et la lança en hauteur pour dégager sa zone. Stéphane se retourna rapidement, juste à temps pour voir Sim qui sautait dans les airs comme un joueur de basket prêt à plonger le ballon dans le panier. Sim avait levé son gant et saisi la rondelle juste avant qu'elle n'arrive à la ligne bleue. Le juge de ligne signala qu'il n'y avait pas de hors-jeu.

Sim laissa tomber le disque avant même que ses propres patins ne reprennent contact avec la glace. Le défenseur qui avait décoché le tir s'était étendu sur la glace pour l'intercepter et glissait vers Sim.

Sim harponna la rondelle et bondit de nouveau, par-dessus son adversaire étendu de tout son long, pendant que la rondelle glissait sous les genoux du défenseur — le seul endroit assez grand pour la laisser passer…

Sim était seul devant le but adverse.

Le gardien des Mini-Bruins s'avança pour couper son angle. Sim fit une feinte et envoya un coup de revers parfait à Stéphane, qui eut une deuxième chance inattendue — sauf que, cette fois, le filet était désert. Il prit son temps et envoya la rondelle en plein centre du but.

Les Carcajous avaient gagné!

— Tu peux me donner ma photo, maintenant, annonça Sim après que les cris de joie, les tapes dans le dos et les claquements de mains eurent diminué d'intensité dans le vestiaire des Carcajous. Même Max était venu serrer la main de Sim, en secouant la tête. Stéphane se dit que Max devait être aussi perplexe que lui devant les imprévisibles éclairs de génie de son défenseur.

— Tu nous as seulement amenés au match du championnat, rétorqua Anou. Il te reste maintenant à nous le faire gagner.

— Ah! voyons donc!

— C'est ce qu'on avait dit, non? fit Anou.

— C'est pas juste! s'écria Sim en lançant brusquement ses gants et son casque sur son sac d'équipement. Il s'effondra sur le banc, épuisé.

Anou, qui était en train de délacer ses patins, leva la tête et lui sourit.

— Mais je dois dire que t'as bien joué, concéda-t-elle.

CHAPITRE 10

A près leur victoire contre Boston, les Carcajous reprirent l'autobus scolaire pour rentrer au camping. M. Blackburn conduisait lentement, les vitres baissées pour laisser entrer l'air frais, et Claude distribuait des bouteilles de Gatorade bien fraîches, que son père avait achetées et mises sur la glace pour l'occasion. Plusieurs des joueurs s'endormirent, épuisés par le match, détendus par la tiédeur de l'air et bercés par le roulement de l'autobus.

Mais tout le monde se réveilla quand M. Blackburn, en sortant de l'autoroute, appliqua les freins brusquement pour éviter d'emboutir une file d'autos immobilisées. Plus loin, ils pouvaient voir un barrage de police.

Il y avait des voitures de police partout, dont certaines avaient les gyrophares allumés. Des policiers en uniforme et plusieurs hommes en civil, à la carrure imposante, arrêtaient la circulation dans les deux directions.

— Qu'est-ce qui se passe? demanda M. Blackburn quand son lourd véhicule arriva enfin au point d'inspection.

Aucun des deux policiers ne dit un mot. Un homme en costume beige — un écouteur branché dans l'oreille droite et relié à un fil sortant du col de sa veste — répondit pour eux.

— FBI, fit-il.

M. Blackburn inclina la tête en souriant et attendit de plus amples explications, mais en vain. Les policiers parcoururent toute la longueur de l'autobus, regardèrent par les fenêtres, puis firent signe au conducteur que tout était en règle. Un autre agent signala à M. Blackburn qu'il pouvait repartir. L'homme à l'écouteur ne dit rien.

— Qu'est-ce qu'il a dit? demanda Anne-Marie depuis le banc qu'elle partageait avec Anou.

— Federal Bureau of Investigation, répliqua Kling avec impatience, comme si elle aurait dû le savoir.

— Qu'est-ce qu'ils cherchent? demanda Jean-Louis.

— Peut-être de la drogue, répondit Kling avec assurance. Ou alors des meurtriers, des contrebandiers, des ravisseurs, des terroristes, des extraterrestres… T'as le choix!

De retour au camping, tout le monde parlait du barrage routier. Un homme dont le coffre avait été fouillé racontait que les policiers avaient une planchette à pince sur laquelle on pouvait voir des photos de criminels. Un autre affirmait qu'il s'agissait simplement d'une inspection préventive en vue de la visite que le président des États-Unis devait faire à Disney World avec sa famille la semaine suivante. Une femme, la tête couronnée de rouleaux, soutenait qu'il y avait des « migrants illégaux » dans la région.

— Des migrants ? s'écria Lars. C'est des outardes ou quoi ?

Kling se fit un plaisir de le détromper.

— Des migrants illégaux, c'est des étrangers qui ont pas le droit d'être ici — pas des oiseaux en migration !

— Oh ! fit Lars, un peu embarrassé.

Mais il était évident que personne ne savait vraiment pourquoi le barrage avait été érigé. Il avait peut-être un lien avec les hélicoptères et les camions qui surveillaient le camping. Mais qu'est-ce qu'ils cherchaient au juste ? Sans doute pas seulement des gens qui étaient entrés clandestinement aux États-Unis. Stéphane se dit que l'homme qui avait parlé d'une inspection de routine avant la venue du président avait probablement raison. Il n'y avait pas de quoi s'inquiéter.

* * *

Le lendemain matin, les Carcajous devaient retourner à Disney World. Ils prévoyaient visiter la Space Mountain, un manège très populaire de

Tomorrowland, et passer ensuite à des activités plus athlétiques à Blizzard Beach, où ils devaient tous enfiler leur maillot de bain et passer l'après-midi à dévaler les plus grandes glissoires d'eau au monde.

Quand Stéphane émergea de son sac de couchage, Kling était déjà debout, assis à la table de pique-nique à côté de la tente. Il regardait attentivement des photos qu'il avait disposées avec soin devant lui.

— Viens voir ça, Stéphane, fit Kling, quand il vit son ami arriver.

Stéphane, clignant des yeux dans la lumière matinale, se dirigea vers la table de pique-nique en se frottant les paupières. Il vit que toutes les photos représentaient Goofy, dont plusieurs en compagnie de Sim.

— Goofy, c'est lequel des deux? demanda-t-il à la blague.

Kling ne répondit pas. Il ramassa deux des photos.

— Regarde ces deux-là et dis-moi ce qu'elles ont de différent.

Stéphane prit les deux photos Polaroïd et les examina. Sur la première, on voyait Sim, le bras autour de la taille de Goofy et le sourire fendu jusqu'aux oreilles. Sur l'autre, on le voyait encore avec Goofy; il était de l'autre côté, mais il affichait le même large sourire.

— Elles ont été prises sous deux angles différents? demanda Stéphane. Je ne vois pas… Qu'est-ce qu'il y a?

— Regarde bien les vêtements de Goofy.

Stéphane fit ce que son ami lui demandait. Sur la première photo, Goofy portait un gilet jaune ; mais sur la deuxième, le gilet était orange.

— Il s'est changé ? suggéra Stéphane.

— Sûrement pas. Il se dépêchait de se rendre au défilé — tu te souviens ? — quand j'ai pris cette photo-ci, fit Kling en posant le doigt sur la photo de Sim et de Goofy devant le pavillon des Présidents.

— C'est peut-être seulement l'appareil, avança Stéphane. Le jaune et l'orange, c'est presque pareil. Ou peut-être l'éclairage. Ça m'arrive souvent avec mon appareil.

— Pas avec le mien, répliqua Kling. Les couleurs sont toujours très fidèles.

— Alors, c'est qu'il y a deux Goofy, répondit Stéphane. C'est immense, Disney World, tu sais.

— Peut-être, répondit Kling.

Mais il n'était pas convaincu.

* * *

L'attente prévue pour Space Mountain n'était que de trente minutes, et un premier groupe de Carcajous monta bientôt à bord d'une petite fusée qui amena ses six passagers vers l'espace sidéral — étoiles filantes et météores inclus.

Les derniers à s'embarquer se trouvaient juste devant Stéphane, qui attendait aux côtés de Simon-Pierre. Le préposé tendit le bras et leur dit :

— Désolé, les jeunes, ce sera pour le prochain tour.

Pendant quelques instants, les deux garçons restèrent seuls avec leurs pensées.

— J'aime autant ça, dit Simon-Pierre.

— Moi aussi, répondit Stéphane.

Simon-Pierre se tourna vers Stéphane. Il brûlait d'envie de lui poser une question, mais il n'osait pas.

Stéphane lui sourit et s'entendit dire tout à coup :

— Je suis pas monté dans la tour moi non plus. Mais personne m'a vu partir.

Simon-Pierre ouvrit de grands yeux.

— Vraiment ? Tu me racontes pas d'histoires ?

— Pas du tout. On va faire celui-ci ensemble. Puis, si on survit, on montera dans la tour avant de retourner chez nous. Ça te va ?

Simon-Pierre le regarda un moment en clignant des yeux. Il se passa nerveusement la langue sur les lèvres.

— D'accord, fit-il en tendant le bras. Les deux garçons se serrèrent la main juste au moment où le préposé laissait passer une nouvelle fournée de passagers.

Moins de trois minutes plus tard, les genoux tremblants et le cœur battant, les deux amis descendirent de la fusée de Space Mountain et se tapèrent joyeusement dans les mains pour se féliciter l'un l'autre.

Pour se rendre à Blizzard Beach, les Carcajous durent d'abord traverser le Magic Kingdom. Stéphane remarqua qu'il y avait encore un camion d'entretien garé à côté du pavillon des Présidents.

Les portières arrière étaient ouvertes, et un ouvrier en uniforme était en train d'enrouler un câble électrique autour d'un tambour de métal.

L'homme leva les yeux.

Stéphane le reconnut : c'était l'homme qu'ils avaient aperçu hier, mais cette fois, il n'avait pas sa casquette, et Stéphane vit qu'il avait le crâne rasé. C'était l'homme du camping, celui qui ramait dans la barque !

— Regarde ! lança Stéphane à Sim et à Kling. C'est le gars de la plage !

L'ouvrier se retourna rapidement et s'engouffra dans le bâtiment par la porte de côté en traînant le câble derrière lui.

— Je pense que t'as raison, fit Kling.

— Alors, il travaille ici, fit remarquer Sim d'un ton neutre.

Mais Stéphane avait l'impression que quelque chose clochait. Pourquoi un employé de Disney World aurait-il fait du camping ? La question lui trotta dans la tête pendant tout le trajet en monorail jusqu'à l'entrée principale. Il y avait un kiosque d'information juste à côté des grilles, et il s'y dirigea pendant que les autres fouinaient dans une boutique de souvenirs.

Un homme en uniforme de Disney World se tourna vers lui en souriant.

— Qu'est-ce que je peux faire pour toi, mon garçon?

— Je voudrais juste vous poser une question, dit Stéphane d'une toute petite voix.

— Bien sûr!

— Est-ce qu'il y a plus qu'un Mickey Mouse ici?

Le sourire de l'homme s'agrandit.

— Il n'y a qu'un seul et unique Mickey Mouse, mon garçon.

— Mais pour les défilés et tout le reste… Est-ce qu'il pourrait y avoir deux Goofy? Je veux dire deux personnes différentes déguisées en Goofy.

L'homme secoua la tête.

— C'est absolument impossible. Il faut que les visiteurs croient à ce qu'ils voient. Tu comprends ce que je veux dire? Qu'est-ce qui se passerait si un enfant voyait deux Goofy? Il ne peut pas y avoir deux pères Noël en même temps, hein? Eh bien, c'est la même chose pour Mickey et Minnie, et aussi pour Goofy. Pour nous, ce sont des personnages bien réels. Il ne pourrait pas y en avoir deux, pas plus que tes parents pourraient t'avoir en double exemplaire.

— Je vois, fit Stéphane. Merci.

— Y a pas de quoi, répondit l'homme.

Il y avait donc bel et bien quelque chose qui clochait. Et Stéphane ne savait pas quoi faire.

CHAPITRE 11

— Y a pas d'autre solution, dit Kling. Il va falloir que tu plonges.

Stéphane sentait son cœur palpiter comme les ailes d'un papillon. Il avait du mal à respirer et ruisselait de sueur. Mais il savait qu'il ne pouvait pas laisser voir qu'il avait peur. Il avait peut-être échappé à la Tower of Terror, mais il ne pouvait pas se défiler cette fois.

Les six garçons avaient tenu une réunion dans leur tente. Kling était certain lui aussi — et, dans une moindre mesure, Sim également — que l'ouvrier d'entretien qu'ils avaient aperçu près du pavillon des Présidents et l'homme qu'ils avaient vu dans la barque étaient une seule et même personne. En outre, Kling avait des photos pour prouver qu'il y avait deux Goofy. Or, l'homme du kiosque d'information, à Disney World, avait dit que c'était impossible… du moins officiellement.

Les garçons savaient tout cela. Mais ils ne savaient

pas — d'ailleurs, comment auraient-ils pu le savoir ?
— pourquoi la police avait dressé un barrage routier,
pourquoi le FBI fouillait les coffres des voitures, pourquoi des hélicoptères survolaient le camping à basse
altitude, et pourquoi des gardiens de sécurité se pro-
menaient en camion avec de gros projecteurs.

Et surtout, ils ne savaient pas ce que les hommes
de la barque avaient jeté par-dessus bord…

Kling était convaincu que c'était un cadavre.

— Le FBI s'occupe des affaires de meurtre,
affirma-t-il avec aplomb. C'est probablement à la fois
un enlèvement et un meurtre.

— De la drogue, fit Sim. C'est sûrement de ça
qu'ils essayaient de se débarrasser. Ils l'ont cachée au
fond du lac et vont aller la récupérer quand l'alerte
sera passée.

— Oui, ajouta Normand. C'est sûrement de la
drogue.

Stéphane n'avait pas d'opinion particulière. Tout
ce qu'il savait, c'est qu'ils étaient tout seuls avec leurs
terribles soupçons. S'ils en parlaient à Max ou à des
parents, on leur répondrait qu'ils inventaient des histoires simplement parce qu'ils avaient entendu quelqu'un prononcer le mot « FBI ». Pour les garçons, les
photos étaient un indice, mais tous les autres diraient
que Goofy semblait différent uniquement parce que
le film — ou la lumière — n'étaient pas les mêmes
dans les deux cas. Les garçons étaient les seuls à
connaître les autres éléments importants dans cette

affaire : l'attitude suspecte du premier Goofy, la colère de l'ouvrier d'entretien, et surtout l'incident de la barque — mais ils ne pouvaient certainement pas aller raconter à Max qu'ils avaient espionné la jeune femme et ses deux compagnons. C'était donc à eux d'aller au fond des choses.

Et le fond des choses, en l'occurrence, c'était le fond du lac.

— C'est toi qui as l'équipement nécessaire, dit Normand.

Il avait raison. Dans l'espoir qu'ils pourraient se rendre sur la côte du golfe du Mexique et observer des espèces marines le long des plages, Stéphane avait fourré son masque et ses palmes de plongée dans son sac à dos.

— C'est pas creux, souligna Lars, rassurant. C'est même pas un vrai lac. C'est un lac artificiel — un étang, en fait.

Stéphane savait qu'il n'avait pas le choix.

— D'accord, dit-il. Allons-y !

* * *

Après avoir enfilé leur maillot de bain, ils mirent la barque à l'eau sans difficulté. Ils s'étaient munis d'un câble solide que Kling avait trouvé à l'arrière de l'autobus, et Stéphane avait glissé son couteau suisse dans la poche de son maillot. Normand devait ramer. Lars s'était installé à la proue ; il avait emprunté un masque de plongée à un garçon qu'il avait rencontré au camping; il était chargé de surveiller le fond de l'eau en se penchant par-dessus bord. Sim et Kling resteraient assis à la poupe pour stabiliser l'embarcation.

— Quatre, ça suffit, dit Sim en regardant le lac. D'ailleurs, y a seulement quatre gilets de sauvetage.

Simon-Pierre se trouvait donc de trop. Stéphane, qui avait son équipement, allait plonger. Mais Simon-Pierre n'avait pas d'équipement, ni de place dans la barque.

— Je suis bon nageur, fit-il. Je peux aider Stéphane.

Stéphane était content de l'avoir à ses côtés. Ensemble, Simon-Pierre et lui éloignèrent la barque du rivage; ils s'agrippèrent à la coque et battirent des pieds pendant que Normand ramait vers l'endroit où ils avaient vu les hommes jeter à l'eau leur mystérieux paquet. Lorsqu'ils y furent arrivés, Normand commença à tourner lentement en rond pendant que ses deux compagnons munis d'un masque scrutaient les profondeurs du lac.

Stéphane se sentait mal à l'aise. L'eau était claire, mais le fond était vaseux et plein d'algues. Ils pouvaient voir des poissons nager, surtout des menés, mais de temps en temps, une ombre plus grande et plus noire se profilait sur le fond boueux. Stéphane supposa que c'étaient des achigans. Il savait qu'il ne pouvait pas y avoir de requins dans ce lac d'eau douce.

— L-glou-à-glou ! cria Lars, le visage dans l'eau à l'avant du bateau.

Personne ne comprit, mais tout le monde sut immédiatement ce qu'il avait voulu dire. Normand s'arc-bouta sur les rames pour immobiliser la barque. Stéphane et Simon-Pierre lâchèrent l'embarcation et se dirigèrent à la nage vers l'endroit que Lars, penché sur l'eau, pointait du doigt.

Lars leva la tête et arracha son masque ; il avait des lignes rouge foncé imprimées autour des yeux et sur l'arête du nez.

— Je pense que je le vois ! lança-t-il.

Les passagers de la barque se penchèrent tous pour regarder… et faillirent la faire chavirer !

— Attention ! cria Sim.

— Je le vois, confirma Kling. On l'a trouvé !

Stéphane regarda à son tour. Il distingua lui aussi sur le fond sombre la forme encore plus sombre du paquet qu'ils cherchaient. Le lac était plus profond à cet endroit, mais il y avait moins d'algues. Stéphane voyait la lumière du soleil danser sur le sable au rythme des vaguelettes qui agitaient la surface.

Il souffla très fort dans son tuba pour le vider de son eau et plongea.

Il se retrouva instantanément dans un silence complet. Il était à la fois excité et inquiet. Et s'il y avait des alligators dans l'eau ?! Non, c'était impossible : la baignade était autorisée à la plage. Mais il pouvait y avoir des tortues-alligators… Pourquoi le petit lac ne pouvait-il pas s'assécher subitement comme celui de ses grands-parents le faisait si souvent dans ses rêves ?

Stéphane avait peur. Il le savait — il se l'avouait volontiers —, mais il ne pouvait pas laisser son angoisse l'arrêter.

Il leva les yeux. Simon-Pierre avait pris le masque de Lars et flottait en surface, le visage tourné vers le fond. Il leva un pouce en guise d'encouragement, et Stéphane se calma un peu.

Il allait bientôt manquer d'air. Il tourna un moment autour de l'objet, enroulé dans une bâche de plastique sombre et attaché avec des cordes élastiques. Il aperçut, sur le côté, reliés au paquet par un câble, les blocs de béton qui l'alourdissaient. Il ne pourrait pas remonter le paquet tout seul. Ils allaient devoir se servir de leur câble.

Stéphane remonta, aspirant goulûment l'air frais dès qu'il arriva à la surface. Il s'agrippa à la barque pour reprendre son souffle et vit cinq visages anxieux tournés vers lui : quatre penchés par-dessus bord et l'autre dans l'eau à ses côtés.

— C'est bien ça ! souffla-t-il. Passez-moi le câble.

Normand lui tendit un bout du câble après en avoir attaché l'autre extrémité à un siège. Stéphane s'en saisit, prit plusieurs grandes inspirations et plongea à nouveau.

Cette fois, il devait se rendre jusqu'au fond. Il donna une forte poussée avec ses palmes et sentit la pression monter. Le masque pesait sur son visage. Il s'enfonça encore plus creux. Il était capable de retenir longtemps son souffle et savait qu'il pouvait réussir, mais il se rendit compte qu'il grelottait.

Une grande ombre glissa rapidement au-dessous de lui. Stéphane sentit son cœur bondir dans sa poitrine, dans un mouvement de panique encore amplifié par la pression de l'eau.

L'ombre bougea, puis s'en alla. Un achigan à grande bouche!

Stéphane aurait bien poussé un soupir de soulagement. Mais il avait besoin de tout l'air qui lui restait. Il agita de nouveau les pieds et se dirigea tout droit vers le paquet, à travers une longue tresse d'algues.

Il enroula rapidement l'extrémité du câble autour de deux des cordes élastiques qui enserraient l'objet.

Il était presque à bout de souffle. Il ouvrit son couteau suisse et trancha le câble fixé aux blocs de béton.

Puis il tira un bon coup sur le câble relié à la barque, pour signaler aux autres que le paquet était bien attaché.

Avant de remonter à la surface, les poumons prêts à exploser, il jeta un dernier coup d'œil au paquet. En tirant sur le câble, il avait déroulé quelque peu la bâche, dont un coin oscillait doucement dans l'eau.

Et, sous ses yeux épouvantés, une main apparut!

Son sang ne fit qu'un tour. Il faillit s'étouffer, mais réussit à se maîtriser. Il leva la tête et se dirigea vers la surface.

Il paniquait. Il avait l'impression que tous les cauchemars qu'il avait faits dans sa vie venaient de le rattraper. Il sentit la main s'enrouler autour de sa cheville, se refermer solidement sur lui et l'attirer inexorablement vers le fond…

Il aurait voulu crier, mais il ne le pouvait pas. Il se remit à agiter ses palmes frénétiquement.

Puis, quelque chose se referma encore plus solidement sur son poignet!

Il leva les yeux. C'était Simon-Pierre, qui lui faisait de gros yeux derrière le masque de Lars. Il avait dû voir la main se libérer lui aussi. Mais il avait rejoint Stéphane à la nage pour l'aider, en battant l'eau de ses pieds nus pour s'enfoncer plus creux. Simon-Pierre tira de toutes ses forces et dégagea la cheville de son ami.

Stéphane regarda derrière lui. Il s'était tout simplement pris le pied dans les algues!

La main s'agitait toujours mollement, comme pour saluer les deux Carcajous, qui remontaient maintenant à toute vitesse vers la surface.

— C'est un cadavre! hurla Stéphane en arrachant l'embouchure de son tuba.

— Quoi? cria Sim, abasourdi.

— J'ai vu une main!

— Moi aussi! ajouta Simon-Pierre, qui essayait de grimper dans le bateau.

— Attention! lança Normand. Tu vas nous faire chavirer!

— Pas question que je remonte un macchabée! annonça Sim.

Heureusement, Lars gardait la tête froide.

— Calmez-vous, tout le monde, ordonna-t-il. On a un travail à faire, et on va le faire jusqu'au bout. Stéphane et Simon-Pierre, vous allez vous placer de l'autre côté pour stabiliser la barque, d'accord? On va soulever le paquet de ce côté-ci.

Simon-Pierre et Stéphane se hâtèrent vers le côté opposé de la barque et s'agrippèrent au bord. Normand entreprit d'enrouler le câble autour du siège de manière à ce qu'ils aient un point d'appui lorsqu'ils soulèveraient le corps.

Les quatre passagers du bateau tirèrent tous ensemble, mais il ne se passa absolument rien. Ils essayèrent de nouveau, et la barque se mit à tanguer dangereusement.

— Ça s'en vient! cria Normand.

— J-j'ai p-peur! murmura Simon-Pierre.

Stéphane se rendit compte qu'il tremblait, même si l'eau était relativement chaude.

— Moi aussi, répondit Stéphane. Si on passe à travers ça, la Tour de la terreur va être une partie de plaisir!

Simon-Pierre sourit, mais ses dents s'entrechoquaient.

— Oh, hisse! ordonna Normand.

Simon-Pierre et Stéphane entendirent le frottement du câble sur le bord opposé.

— Hisse! répéta Normand, et la bâche creva la surface du lac dans une explosion de bulles d'air.

Stéphane et Simon-Pierre firent leur possible pour ne pas lâcher prise. Ils tremblaient maintenant de tous leurs membres. Normand se pencha et attrapa deux des cordes élastiques, Lars en saisit une autre, et Sim et Kling tirèrent de toutes leurs forces sur le câble. Ils finirent par sortir l'objet de l'eau — la bâche faisant un énorme bruit de succion en se dégageant — et le jetèrent dans le bateau.

— Je débarque! hurla Kling.

— Attendez! fit Lars. Regardez-moi ça!

Stéphane et Simon-Pierre, toujours dans l'eau, n'avaient aucune idée de ce qui se passait à bord. Ils échangèrent des regards étonnés. Ils n'entendirent que la réponse de Sim.

— C'est pas possible!

— Qu'est-ce qui se passe? demanda Simon-Pierre.

— Viens voir, dit Normand, d'une voix calme où il ne subsistait plus aucune trace de terreur.

Les deux garçons se hissèrent sur le côté de la barque avec l'aide de Lars.

La première chose que vit Stéphane, ce fut la main : une grosse main blanche à trois doigts.

Puis il aperçut le visage : un grand sourire fendu sur des dents inégales, des yeux à moitié ouverts, de grandes oreilles noires.

Goofy!

CHAPITRE 12

—Le gilet jaune… fit remarquer Kling.

Personne n'eut besoin de se faire expliquer ce qu'il voulait dire. Étendu au fond de la barque comme un noyé, le costume de Goofy était celui de la première photo, celle que Kling avait prise près du pavillon des Présidents lorsqu'ils avaient rencontré l'ouvrier d'entretien qui s'était révélé être en même temps l'homme de la barque.

Et c'était probablement son compagnon qui portait ce déguisement de Goofy. Voilà qui expliquait pourquoi le premier Goofy qu'ils avaient rencontré ce jour-là semblait tellement pressé de se débarrasser des Carcajous. Mais pas ce qu'il était en train de faire au pavillon des Présidents…

— Il faut en parler à Max, dit Stéphane.

— Il va falloir rapporter ça avec nous, dit Normand.

— Regardez! Là-bas! s'écria soudain Sim d'une voix tremblante.

Stéphane dirigea son regard du même côté que les autres et vit ce que Sim voulait leur montrer sur la plage. La belle jeune femme était là, en maillot de bain. Elle était probablement venue se baigner, mais elle rebroussa chemin vers le sentier.

— Elle nous a vus! fit Sim.

— Où est-ce qu'elle va? demanda Kling.

— Chercher les autres! suggéra Stéphane.

— Il faut déguerpir au plus vite! avertit Lars.

Normand penché sur ses rames, et Simon-Pierre et Stéphane encore agrippés à la barque et battant des jambes le plus vite possible, les garçons se hâtèrent vers le rivage. Stéphane essayait de se remémorer le plan du camping. Le chemin le plus court vers les tentes des Carcajous les ferait passer juste à côté du campement du faux Goofy et de ses compagnons — il valait mieux ne pas y penser. Mais il y avait un autre sentier plus long qui contournait le camping et arrivait près des douches, c'est-à-dire pas loin du secteur où campaient les Carcajous.

— On va retourner par le sentier des douches! cria Stéphane aux passagers de la barque.

— OK! répondit Normand.

Aussitôt que ses palmes touchèrent le fond, Stéphane cessa de nager et se mit à pousser. Simon-Pierre fit de même. Après un dernier coup de rame de Normand, la barque s'échoua brutalement sur le sable. Les garçons se dépêchèrent à descendre tous en même temps. Normand ramassa la tête de Goofy, et Lars le corps du costume, pour courir vers leur campement. Stéphane enleva ses palmes et les attrapa au vol.

— Par ici ! lança-t-il.

Les autres Carcajous le suivirent en courant vers le sentier.

— Hé !

Le cri les frappa comme un coup de feu. C'était une voix d'homme, grave et mécontente. Pas besoin de se retourner pour savoir qui c'était… Les garçons accélérèrent leur course.

— Hé ! Les enfants ! Attendez une minute !

Une autre voix d'homme, absolument furieuse.

— Laissez ça là si vous voulez pas avoir affaire à moi ! cria le premier homme.

Stéphane entendit les deux comparses se mettre à courir. Ils étaient encore loin derrière les Carcajous, mais ils étaient rapides et, contrairement à Stéphane du moins, ils n'étaient pas fatigués d'avoir plongé et nagé pendant de longues minutes.

Ils gagnaient du terrain rapidement.

Devant, Normand avait pris la tête. Il vira brusquement sur le sentier, glissa sur une plaque de boue et s'affala sur le côté. La tête de Goofy alla rouler dans les buissons. Normand se releva péniblement en boitillant pendant que Sim, qui avait les mains vides, se dépêchait de ramasser la tête. Lars était déjà loin en avant avec le reste du costume de Goofy.

Stéphane était ralenti par son équipement de plongée. Il envoya valser ses palmes et son masque, et prit ses jambes à son cou. Il sentait un poids sur sa poitrine. Il tourna la tête une seconde — juste assez longtemps pour voir à quelle distance se trouvaient ses poursuivants — et sut immédiatement qu'ils allaient le rattraper.

Il était terrifié. L'horreur qu'il était en train de vivre était bien réelle — pas fabriquée de toutes pièces comme à Disney World. Il se sentait sur le point d'éclater en sanglots comme un bébé. Qu'est-ce qu'ils allaient lui faire ? Le tuer ? ? ?

Le sentier s'élargit. Il était presque rendu, mais il savait qu'il n'échapperait pas à ses poursuivants : l'un d'eux était maintenant tellement proche qu'il pouvait l'entendre respirer derrière lui. Il tenta un dernier sprint.

Le sentier contournait un gros sycomore, dont les branches basses étaient drapées de mousse formant un rideau. Stéphane reconnut l'arbre. Une fois de l'autre côté, il pourrait voir les douches. Il avait une toute petite chance de s'en tirer, si seulement il pouvait fournir un dernier effort.

Mais il n'avait plus d'énergie. Il était épuisé, vidé… fini. Il allait se faire attraper. Tout ce qu'il pouvait espérer, c'était de se rendre jusqu'à l'arbre, et peut-être de faire quelques pas de plus sur le sentier dans l'espoir que quelqu'un serait témoin de sa capture.

Il entendit quelque chose bouger au moment où il contournait l'arbre — il y eut un mouvement rapide sur sa droite — puis le bruit d'un choc violent entre deux objets lourds.

— HOU !

Il se retourna juste à temps pour voir l'ouvrier d'entretien s'envoler dans les airs et faire une demi-culbute avant de retomber lourdement sur le dos, dans les taillis et la boue qui bordaient le sentier.

Entre lui et l'homme étendu dans les broussailles se trouvait Max, penché légèrement par en arrière, la hanche sortie.

Le deuxième homme, le plus petit des deux, arrivait à toute vitesse. Il avait vu ce qui était arrivé à son compagnon. Mais il fut incapable de ralentir et, les yeux agrandis par la surprise, il faillit se cogner à Max en contournant à son tour le sycomore.

Max ne bougea pas, les deux poings fermés. Le deuxième homme pencha la tête et fonça à l'aveuglette pour tenter de saisir son adversaire par la taille.

Max recula le bras droit, visa soigneusement et décocha à l'homme un formidable coup de poing qui l'envoya valser vers les buissons à son tour, par-dessus son compagnon qui se débattait désespérément dans la boue, à la recherche de son souffle.

Stéphane se remit à courir. M. Martin et M. Blackburn arrivaient à sa rencontre. Lars, qui avait semé ses compagnons dans leur course pour rentrer au campement des Carcajous, était juste derrière eux. Il avait dû voir Max d'abord et l'envoyer à la rescousse de Stéphane.

Stéphane avait la poitrine en feu. Il ne pouvait plus respirer, ni même se tenir debout. Il tomba à genoux, crachant et sifflant. Max le rejoignit, passa une grosse main dans ses cheveux mouillés et posa l'autre sur son épaule.

— Ils t'ont presque eu, n'est-ce pas? fit Max avec une espèce de sourire.

Stéphane essaya de répondre, mais fut incapable de dire un mot. Il cherchait son air. Il se passa la main sur le front et se rendit compte qu'il était en nage.

L'homme au crâne rasé, étendu sur le dos, se tortillait et essayait de se relever. Il avait repris son souffle, mais il était trop tard : M. Blackburn était penché sur lui et attendait des renforts. M. Martin s'occupait quant à lui du deuxième homme, complètement abruti à la suite du coup de poing de Max.

Le sentier se remplissait de gens qui arrivaient de partout : des douches, des campements, des autres sentiers. Un camion transportant deux hommes en uniformes militaires s'approcha le plus près possible du sentier, les gyrophares allumés.

Les autres Carcajous furent les premiers à rejoindre le groupe, Normand et Sim devant, Simon-Pierre et Kling juste derrière eux. Le reste de l'équipe — Anou et Paul en tête — arrivait au bout du sentier, courant à toute vitesse pour voir ce qui avait créé toute cette commotion.

Sim avait le visage dégoulinant de sueur. Mais il riait.

— Belle mise en échec ! dit-il à Max.

Max ne put retenir un sourire.

— Tu dis toujours qu'y a plus personne qui fait des mises en échec avec la hanche, fit Sim.

— En effet, répondit Max.

— Mais tu dis aussi qu'y a pas de place pour les bagarres quand on joue, non ?

Sim affichait un large sourire, content d'avoir pris Max en défaut. Mais Max était très sérieux :

— C'était pas un jeu, mon garçon.

Chapitre 13

En effet, c'était loin d'être un jeu. Les deux policiers arrivés en camion sortirent leurs revolvers et les braquèrent sur les deux hommes, pendant qu'un autre les fouillait et les menottait, puis les faisait monter sans ménagement à l'arrière d'une voiture de police arrivée sur les entrefaites.

Quelques minutes plus tard, le terrain de camping grouillait de policiers. Ils trouvèrent la jeune femme et lui passèrent également les menottes. Arriva ensuite une unité spéciale d'enquêteurs qui entreprit de parcourir le camping dans ses moindres recoins et surtout, d'examiner le costume de Goofy que les garçons avaient repêché au fond du lac.

En fin d'après-midi, un homme aux cheveux argentés, vêtu d'un costume brun pâle, vint leur parler. Il se présenta comme étant l'agent Morris. Il se montra particulièrement intéressé par les photographies que Kling avait prises des deux Goofy et demanda si le FBI pouvait les garder comme éléments de preuve.

— Tu vas probablement recevoir une médaille de bravoure pour ce que tu as fait, jeune homme, dit l'agent Morris. C'est du beau travail !

— Hé ! C'est moi qui ai convaincu Goofy de poser pour cette photo-là ! protesta Sim.

— Mais c'est monsieur Lamarre, fit l'agent Morris d'une voix pleine d'autorité en désignant Kling, qui a remarqué la différence dans la couleur des gilets, monsieur Simard.

Sim avala sa salive. « Monsieur Lamarre » par-ci, « monsieur Simard » par-là… Voilà un homme qui n'entendait pas à rire ! De toute façon, il n'y avait vraiment pas de quoi rire…

L'agent Morris expliqua la situation. La police fédérale américaine, le FBI, avait reçu plusieurs semaines auparavant un coup de fil anonyme lui annonçant qu'un groupe terroriste préparait un coup à l'occasion du voyage présidentiel en Floride. Ce voyage n'était pas un secret. Tous les Américains ou presque savaient que le président visiterait Disney World avec sa famille. Mais les agents du FBI n'avaient aucun autre indice sur ce qui se tramait. Ils ignoraient s'il y aurait vraiment un attentat et, si oui, quand il aurait lieu : avant, pendant ou après la visite du président. Ils ignoraient même quel groupe terroriste était en cause.

— Les seuls autres tuyaux que nous avions, c'est que nous devions surveiller les terrains de camping et chercher des suspects travaillant sous un déguisement, poursuivit l'agent Morris. Nous savions que nos sources étaient parfaitement sûres, mais l'information dont nous disposions était loin d'être complète. C'est pourquoi nous avons pris toutes ces mesures de surveillance.

Les survols d'hélicoptères visaient à effrayer les terroristes, peut-être même à les faire fuir s'ils étaient cachés dans un des nombreux terrains de camping voisins de Disney World. Les barrages routiers, particulièrement à la sortie des campings, avaient pour but d'intercepter des suspects.

— Mais comme nous ne savions pas quels déguisements ils pourraient prendre, dit l'agent Morris, les barrages routiers n'ont pas servi à grand-chose. Si vous n'aviez pas trouvé la clé de l'énigme pour nous, nous n'aurions peut-être jamais attrapé ces gens-là.

L'agent du FBI fit une pause et avala sa salive.

— Et Dieu sait ce qui aurait pu se passer…

Les félicitations de l'agent Morris étaient sans doute un peu exagérées. En réalité, les Carcajous n'avaient pas vraiment résolu le mystère. Mais la découverte du costume de Goofy avait fourni aux agents du FBI la preuve nécessaire pour les mener vers les terroristes. L'homme à la queue de cheval avait décidé de coopérer avec les autorités, avait raconté l'agent Morris, et toutes les pièces du casse-tête commençaient à se mettre en place.

L'agent d'information, à Disney World, avait eu raison de dire qu'il ne pourrait jamais y avoir un deuxième Goofy dans le parc d'attractions. Les terroristes avaient dissimulé le déguisement dans un carrosse, et la jeune femme s'était fait passer pour une mère avec son bébé, bien abrité du soleil. Elle semblait tellement inoffensive que personne n'avait osé risquer de réveiller le bébé. Elle avait donc franchi les grilles sans encombre. L'homme à la queue de cheval était tout simplement entré en touriste. Il avait rencontré sa complice dans une salle à langer pour qu'elle lui remette le déguisement, qu'il avait ensuite enfilé dans un compartiment de la toilette des hommes.

Quant à l'homme au crâne rasé qui s'était fait passer pour un ouvrier d'entretien, il s'était faufilé dans le parc grâce à un faux insigne d'identité et à une réplique parfaite d'un des uniformes réservés aux travailleurs de Disney. Comme on n'avait signalé aucun vol d'uniforme, personne n'était à l'affût d'un ouvrier d'entretien. D'ailleurs, l'homme avait semblé savoir ce qu'il faisait.

Le faux ouvrier avait réussi à se rendre jusqu'aux installations électriques du pavillon des Présidents, que le vrai président des États-Unis devait visiter pour écouter le célèbre discours prononcé par le président Lincoln à Gettysburg. Cependant, comme les terroristes ne savaient pas exactement à quelle heure il y serait, puisque le spectacle de vingt minutes se répétait toute la journée, il ne leur servait à rien de placer une bombe munie d'une minuterie. Le soi-disant ouvrier d'entretien avait donc caché dans sa boîte à outils trois dispositifs de guidage, petits, mais puissants.

Comme son ami « Goofy » pouvait circuler à peu près à sa guise dans tout le parc, il était chargé de cacher les dispositifs dans des endroits stratégiques. En plus de celui qu'il avait installé dans le pavillon des Présidents, il en avait placé un le long du parcours du défilé quotidien, à l'endroit où le président et sa famille devaient regarder passer les personnages de Disney. Et il avait dissimulé l'autre au fond du dernier char allégorique du défilé, celui où devait prendre place le vrai Goofy, avec Donald le Canard, Mickey, Minnie et les autres, pour descendre Main Street, U.S.A., et passer devant le président, qui ne se douterait de rien.

— Ces dispositifs peuvent servir aux attaques de missiles, dit l'agent Morris. On ne sait pas encore si les terroristes avaient vraiment l'intention de s'en servir ou s'ils voulaient seulement menacer le président. Mais ce qui compte, c'est que vous les en ayez empêchés… Autrement, on aurait pu avoir une catastrophe sur les bras.

L'agent Morris regarda à la ronde en souriant et serra la main de tous les Carcajous l'un après l'autre, puis celle de Max, qui avait l'air un peu gêné.

— Merci d'avoir été là, lui dit l'agent Morris.

Max se contenta de hocher la tête.

— Ils viennent de quel pays? demanda Kling.

L'agent Morris parut surpris.

— Pardon?

— Les terroristes. Ils viennent d'où?

L'agent Morris ferma les yeux un instant, l'air désolé de ce qu'il allait dire.

— Ce sont des Américains, mon garçon.

* * *

M. Martin, M. Blackburn et Max avaient convoqué les Carcajous et leurs parents à une réunion d'équipe. Tout le monde s'installa autour d'un feu de camp, et M. Blackburn distribua des boissons gazeuses. Puis les trois hommes s'assirent sur un banc de fortune, près du feu, et parlèrent de ce que l'équipe venait de vivre.

— Ce que je comprends pas, c'est que c'est des Américains, répétait sans cesse Kling.

— N'importe qui peut devenir terroriste, répondit M. Martin. C'est déjà arrivé au Canada. C'était avant votre naissance, mais vos parents s'en souviennent sûrement. Tout ce qu'il faut pour se lancer dans l'action terroriste, c'est être prêt à aller jusqu'au bout pour faire avancer sa cause.

— C'est tellement stupide ! fit remarquer Kling.

— Pour des gens comme nous, oui, poursuivit M. Martin. Mais certains Américains haïssent profondément leur gouvernement — tout comme des Canadiens, d'ailleurs. Il y a toutefois un monde de différence entre le fait de ne pas aimer un gouvernement et de voter contre lui, et celui de le mépriser au point de chercher à le détruire.

— Mais ils auraient tué des innocents, souligna Anou.

— C'est pour ça qu'on les appelle des « terroristes », intervint M. Blackburn. Ils sèment la terreur sous sa pire forme. Comme on ne sait jamais où ils vont frapper, ni à qui ils vont s'attaquer, il est très difficile de s'en protéger.

— D'où l'importance de ce que vous avez fait, dit M. Martin. Vous avez peut-être sauvé bien des vies.

Il y eut un profond silence. L'idée faisait lentement son chemin dans les esprits…

Stéphane regarda Max, assis à côté du feu. C'était peut-être simplement la lueur des flammes, mais il eut l'impression de voir briller un drôle de reflet dans les yeux de son entraîneur…

CHAPITRE 14

L e lendemain matin, deux représentants de Walt Disney World se rendirent au camping pour remercier les Carcajous de ce qu'ils avaient fait et remettre des laissez-passer gratuits à tous les membres de l'équipe. Les Carcajous pourraient donc passer une dernière journée à Disney World. Et ils se rendraient en soirée à Tampa, où ils disputeraient le match du championnat dans le magnifique Ice Palace.

— Allez-y mollo! lança Max à ses joueurs qui dégringolaient les marches de l'autobus scolaire et se hâtaient en piaillant vers les grilles d'entrée. Gardez-vous de l'énergie pour ce soir!

Mais personne n'écoutait ses avertissements. D'ailleurs, à en juger par le grand sourire qui barrait le visage de Max, qui se hâtait lui aussi en clopinant, il était clair que l'entraîneur avait lancé cet appel à la modération simplement parce qu'il savait que c'est ce que les joueurs attendaient de lui.

— On y va? demanda Stéphane à Simon-Pierre en arrivant à la portée du plus petit des Carcajous.

— On y va! répondit Simon-Pierre sans sourire ni même tourner la tête.

Les deux amis se dirigèrent vers le secteur des Studios MGM, où les attendait la Twilight Zone Tower of Terror…

Ils avaient tous les deux quelque chose à prouver.

* * *

Par moments, la peur assaillait Stéphane comme une colonie d'insectes qui lui aurait grimpé sur le corps. Il se trouvait avec Simon-Pierre dans la longue file d'attente pour la Tower of Terror et riait avec lui en mangeant un cornet de crème glacée. En apparence, il avait l'air détendu, mais il n'arrivait pas à se défaire de ses appréhensions. Il se sentait comme une mouche engluée dans une toile d'araignée.

Simon-Pierre se tourna vers lui, léchant toujours sa crème glacée, et lui dit en souriant :

— Je suis mort de peur.

— Moi aussi, avoua Stéphane.

Après avoir traversé le lobby du vieil hôtel, ils arrivèrent bientôt dans la salle des machines. Ils s'approchaient du terrifiant ascenseur de service… Simon-Pierre avait déjà dépassé l'endroit où il s'était enfui la dernière fois.

Quant à Stéphane, c'était justement dans la salle

des machines qu'il s'était éclipsé, après avoir lu les mots « Déconseillé aux personnes sujettes à l'angoisse dans les espaces clos », qui l'avaient fait frissonner des pieds à la tête comme s'il avait été tout nu et qu'un million d'araignées lui avaient rampé sur le corps. Il était de plus en plus tendu et luttait de toutes ses forces contre la tentation de reculer encore une fois.

Il sentit quelqu'un lui prendre le bras et se retourna, épouvanté.

C'était Simon-Pierre, qui lui souriait. Il avait agrippé fermement le poignet de Stéphane, comme il l'avait fait quand son ami s'était empêtré la cheville dans les algues.

— On est les suivants, dit Simon-Pierre. Ça va?

— Ouais, bien sûr, répondit Stéphane en espérant que sa voix ne l'avait pas trahi.

— Eh ben, pas moi, avoua Simon-Pierre. Reste près de moi, d'accord?

Stéphane ne comprenait pas comment Simon-Pierre pouvait avouer qu'il était terrorisé alors que lui-même en était incapable. Mais il était clair que son ami avait besoin de lui et qu'il n'avait pas honte de le dire. Il devait rester.

Les portes de l'ascenseur de service s'ouvrirent et le garçon d'ascenseur les invita à entrer, le bras tendu et le sourire en coin.

Stéphane fit un pas, hésita, constata avec étonnement que Simon-Pierre le tenait par le t-shirt et se dépêcha d'avancer pour éviter que son ami ne s'aperçoive que sa belle détermination était en train de s'effriter.

Ça y est, il était entré! Simon-Pierre se dirigeait déjà vers son siège et, quand il fut assis, une solide barre de sûreté s'abaissa devant lui.

Il ne restait qu'un siège vide, à côté de Simon-Pierre, au milieu de la dernière rangée, complètement exposé. La barre de sûreté ne se rendait pas jusque-là. À la place, une énorme ceinture de sécurité était pliée sur le coussin.

— Ici, mon garçon, lança le préposé à Stéphane. La meilleure place de toutes!

Les autres passagers se tournèrent vers lui en riant, contents de ce petit intermède comique qui leur avait fait oublier un instant leur anxiété croissante. Tous les yeux étaient maintenant fixés sur Stéphane. Ce n'était pas le moment de se dégonfler.

— M-m-merci, bredouilla-t-il.

Il entreprit d'attacher sa ceinture, mais il tremblait comme une feuille. Le préposé dut le faire pour lui.

— Y a rien là, mon garçon, lui murmura-t-il dans l'oreille avant de se relever. Le préposé savait… Probablement comme chaque fois que quelqu'un était allé plus loin qu'il l'aurait voulu et se sentait pris au piège.

Les portes se fermèrent, et Stéphane eut l'impression que sa gorge s'était fermée en même temps. Il manquait d'air. Il allait exploser. Il se démena pour défaire sa ceinture, mais le harnais tint bon. Il avait l'impression que, s'il ne pouvait pas quitter son siège, son cœur allait jaillir de sa cage thoracique et lui sortir du corps.

Il sentit sur son avant-bras la main moite de Simon-Pierre. Son ami avait besoin de lui.

Il entreprit délibérément, précautionneusement, de prendre une grande inspiration et sentit ses poumons s'emplir d'air. Son cœur se calma, du moins momentanément.

L'ascenseur s'éleva doucement, puis s'immobilisa, et les portes s'ouvrirent sur un interminable corridor. Les touristes qui avaient disparu en 1939 — les parents et leur petite fille — apparurent soudain sous forme d'hologrammes, sur le seuil de leurs chambres, puis ils s'évanouirent dans un passé peuplé de fantômes.

Stéphane sentit les ongles de Simon-Pierre s'enfoncer dans son avant-bras.

La porte se referma et l'ascenseur poursuivit sa montée. Il s'arrêta de nouveau, puis changea de direction et se mit à se déplacer à l'horizontale d'un bout à l'autre de l'hôtel. Les passagers de l'ascenseur étaient entourés d'étoiles, en pleine obscurité. Ils avaient l'impression de flotter dans l'espace.

« Je suis allé beaucoup trop loin ! pensa Stéphane. Il n'y a plus de sortie de secours ici ! »

Encore une fois, Stéphane sentit sa respiration s'arrêter. Encore une fois, il sentit Simon-Pierre s'accrocher à lui. Il devait être brave. Après tout, c'était lui, le capitaine.

L'ascenseur s'immobilisa d'un coup sec et repartit à la verticale. Stéphane entendait maintenant les sons qui lui étaient parvenus à l'extérieur l'autre jour — le bruit des câbles qui forçaient, puis cédaient — et qui étaient toujours suivis des hurlements terrifiés des passagers.

— Oh! mon Dieu! Oh! mon Dieu! cria une femme dans la première rangée.

Il y eut des rires, mais Stéphane y décela une inquiétude presque aussi grande que la sienne.

L'ascenseur grimpait toujours, les câbles grinçaient… et la tension montait. Après un dernier grondement, l'ascenseur sembla s'immobiliser un instant, et puis — crac! — il tomba comme une roche!

— Que le ciel nous protège! cria la femme à l'avant. Mais plus personne n'avait envie de rire.

Stéphane savait qu'il était lui aussi en train de hurler. Il savait que sa bouche était grande ouverte. Il sentait ses cheveux s'élever dans les airs sous l'effet de l'accélération. Et il savait qu'il aurait tout donné pour pouvoir sortir de cet ascenseur. Il aurait volontiers cédé sa collection de cartes de la LNH, et ses affiches de Mats Sundin, de Paul Kariya et de Doug Gilmour. Il aurait même renoncé à son poste de capitaine et à ses espoirs de carrière dans la Ligue nationale. N'importe quoi pour sortir de là!

Puis l'ascenseur s'arrêta.

Il était encore en vie!

Stéphane se tourna vers Simon-Pierre. On aurait

dit qu'il avait avalé un alligator! Il avait les yeux sortis de la tête, les joues gonflées. Son visage tout entier respirait la terreur, et pourtant le trajet ne faisait que commencer.

Dans un nouveau grincement de câbles, l'ascenseur reprit sa course vers le haut, de plus en plus vite cette fois.

Et plus l'ascenseur accélérait, plus on avait l'impression qu'il était devenu fou, exactement comme lorsqu'il était tombé en chute libre tout à l'heure. On avait l'impression qu'il allait défoncer le toit et disparaître dans l'espace, comme dans l'émission qu'ils avaient vue plus tôt.

Encore plus haut, encore plus vite… Stéphane s'accrocha à Simon-Pierre, qui ne le lâchait pas. Des gens criaient. La femme dans la première rangée priait et hurlait en même temps. Et tout à coup, en un éclair, ils furent à l'extérieur. Le toit avait cédé et l'ascenseur, pendant un bref instant, sembla vouloir s'élancer au-dessus du terrain de stationnement!

Ils furent aveuglés par une explosion de lumière. Était-ce seulement l'éclat soudain du soleil? Ou le flash d'un appareil photo?

— OOOOOHHHHHH! MON DIEU!!! hurla la femme à l'avant. Manifestement, elle ne faisait pas semblant. Elle était terrifiée.

— On va tous mourir! s'écria un homme.

— Youppiii! lança quelqu'un d'autre d'une voix surexcitée.

Stéphane se retourna vivement. Il n'en croyait pas ses oreilles : c'était Simon-Pierre qui avait crié ! Et qui semblait s'amuser comme un fou !

L'ascenseur se remit à plonger. Treize étages en moins de trois secondes. Stéphane n'avait jamais senti autant de pression s'exercer sur lui — c'était sans doute à cause de la gravitation. Il en sentait l'effet sur tout son corps : son visage, ses bras, son dos. C'était plus puissant que tout ce qu'il avait expérimenté en plongée, ou encore en avion. C'était la terreur à l'état pur, une force tellement formidable et incontrôlable qu'il se sentait complètement impuissant. Il n'aurait pas pu bouger même s'il l'avait voulu. Il ne pouvait pas s'opposer à cette force. Il ne pouvait que s'y abandonner.

Il ne lui restait plus qu'à attendre la fin.

— Fantastique ! s'écria Simon-Pierre en sortant de l'ascenseur. Les deux garçons, les jambes en coton, clignaient des yeux dans la lumière aveuglante du dehors.

Stéphane était incapable d'arrêter de rire. Il avait réussi ! Il avait maîtrisé sa peur et était resté jusqu'à la fin. De toute façon, il n'avait pas eu tellement le choix une fois que le préposé avait attaché sa ceinture… Mais le plus important, ce n'est pas qu'il était resté, c'est qu'il avait aimé ça ! Il avait même éprouvé un certain plaisir à se laisser aller.

— Super ! dit-il.

Il avait grimpé, puis plongé trois fois. À la troisième montée, les cris des passagers n'étaient déjà plus des hurlements de terreur; et à la troisième descente, ils étaient devenus une sorte de célébration. Si on le leur avait offert, ils auraient continué sans hésiter.

— Faut que j'aille aux toilettes, annonça Simon-Pierre.

— Je vais t'attendre ici, dit Stéphane en entrant dans la boutique de souvenirs.

Simon-Pierre ne connaissait sans doute pas l'existence des photos. Stéphane allait lui en acheter une, et ce serait une preuve — si un jour il lui en fallait une — qu'il avait vaincu sa peur.

Le préposé au kiosque de photos venait justement d'afficher la photo de leur groupe. Stéphane n'en revenait pas de voir que ses cheveux puissent se tenir aussi droits, et de constater qu'il avait pu être aussi terrifié et rire aux éclats quelques instants plus tard. Simon-Pierre, assis à côté de lui sur la photo, ressemblait à un des mannequins qui annonçaient le manège à l'entrée de Disney World.

Il paya rapidement la photo et la cacha sous sa chemise.

Simon-Pierre venait de sortir des toilettes.

— T'as trouvé des choses intéressantes? demanda-t-il.

— Pas vraiment, répondit Stéphane. Allons-nous-en.

CHAPITRE 15

E ncore une fois, Stéphane avait du mal à reprendre son souffle. Encore une fois, il se sentait nerveux; il suait à grosses gouttes et avait le cœur qui battait à tout rompre. Mais ce n'était certainement pas parce qu'il se trouvait dans un espace restreint…

Il était au Ice Palace, un immense stade de hockey qui pouvait accueillir plus de vingt mille personnes. C'était tellement haut qu'il distinguait à peine les poutres du plafond. Même le vestiaire où les Carcajous s'étaient changés était plus grand que tous ceux qu'il avait vus jusque-là.

Il leva la tête. Il n'y avait évidemment pas vingt mille partisans dans les gradins, mais certainement plusieurs centaines. Tous les parents des Carcajous étaient là, et tous ceux de l'équipe qu'ils allaient affronter.

Le match de championnat contre les State Selects, une équipe d'étoiles composée des meilleurs joueurs de toute la Floride, devait même être radiodiffusé. Et en deux langues en plus : pas en français et en anglais comme au Canada, mais en anglais et en espagnol. La station de radio qui diffusait les matches des Panthers de Floride en espagnol (ce qui était d'ailleurs une première dans la LNH) avait décidé de se rendre à Tampa une fois l'équipe des State Selects rendue en finale, et la moitié des joueurs des Carcajous criaient maintenant à tue-tête « Se metio-ooooo ! » — l'équivalent espagnol de « Il lance… et marque ! »

Max avait dit à ses joueurs de se garder de l'énergie pour la soirée. En tout cas, si jamais ils manquaient d'énergie, ils ne manquaient certainement pas d'enthousiasme ! Ils étaient tout excités par les dimensions, les lumières, le « professionnalisme » du Ice Palace. Et les partisans aussi. Les familles étaient là, bien sûr, mais aussi un groupe de Disney World, et même l'agent Morris avec sa famille.

— C'est une équipe sérieuse, avait averti Max avant que les Carcajous se lancent sur la patinoire. Le hockey est très populaire en Floride depuis quelques années ; alors, n'allez pas croire que vous aurez affaire à une bande de paresseux qui passent leur temps à faire du surf ou à se prélasser sur la plage. Ils sont bons, ils sont rapides et ils sont robustes. Et leur entraîneur, Deke Larose, est excellent. Je suis bien placé pour le savoir : j'ai déjà joué avec lui. Il connaît parfaitement le hockey.

Dès la période d'échauffement, Stéphane se rendit compte que Max avait raison. Les Selects étaient très bien organisés. Leur gardien avait l'air très efficace ; de toute évidence, c'était un spécialiste des arrêts avec le gant.

— C'est le trio d'Anou qui va commencer, avait dit Max juste avant que les Carcajous quittent le grand vestiaire. Et c'est Anne-Marie qui va garder le but.

— Vas-y, Anne-Marie ! avait lancé Anou.

— Anne-Marie !

— Anne-Marie !

Stéphane comprit bientôt pourquoi Max avait choisi Anne-Marie comme cerbère, plutôt que Germain à qui il confiait généralement les matches importants. Tout le monde était tourné vers le drapeau canadien pour entendre le *Ô Canada !* quand le gardien des Selects enleva son casque. Mais ce n'était pas un gardien, c'était une gardienne ! Max avait dû se dire que la présence d'une autre fille devant le but adverse stimulerait Anne-Marie.

Anou prit place pour la mise au jeu — et la perdit ! Stéphane était éberlué. Anou ne perdait presque jamais ses mises au jeu. Mais le grand centre des Selects s'était emparé de la rondelle et la passait déjà vers l'arrière à son défenseur gauche.

Dimitri se déplaça rapidement pour mettre le défenseur en échec, le prenant complètement au dépourvu grâce à sa vitesse exceptionnelle. Stéphane se précipita au cas où il y aurait un retour, mais il n'en attendait pas. Il avait vu trop souvent Dimitri exécuter cette manœuvre : une montée rapide, une feinte de l'épaule, un tir du revers et un lancer haut vers le côté où l'ouverture était la plus mince.

Dimitri feinta, transféra la rondelle du côté de son revers et, exactement comme Stéphane l'avait prévu, décocha un tir solide dans la partie supérieure du filet.

Mais la rondelle n'alla pas plus loin! On entrevit l'éclair d'un gant blanc, et le disque noir disparut! Dimitri, qui s'éloignait déjà, se retourna tout étonné. L'arbitre siffla. La gardienne des Selects lança la rondelle dans les airs et la rattrapa dans le creux de son gant, avant de la remettre à l'arbitre aussi nonchalamment que si elle avait été en train de servir des amuse-gueule sur un plateau pendant une soirée mondaine.

— T'as vu son arrêt? demanda Sim au moment où lui et Stéphane se dirigeaient vers le banc à la fin de leur premier tour.

— Tout un arrêt du gant! renchérit Stéphane.

Les Selects avaient effectivement un bon entraîneur. Contrairement à bien des équipes d'étoiles auxquelles les Carcajous s'étaient déjà mesurés, celle-là jouait vraiment en équipe. Il n'y avait pas d'acrobaties sur la glace, pas de fanfaronnades de vedettes, pas de montées à l'emporte-pièce. Les joueurs avaient un système, et chacun savait exactement ce qu'il avait à faire. Il y avait toujours un joueur en échec avant, dans l'espoir de forcer l'équipe adverse à faire une mauvaise passe pendant que les autres encombraient le milieu de la glace.

— Ils sont en train de nous prendre dans leur « trappe », dit Max derrière le banc.

— J'en reviens pas ! ajouta M. Blackburn.

Jean-Louis fut pris en défaut alors qu'il contournait son propre filet. Il tenta une passe vers Simon-Pierre, qui attendait sur la ligne bleue, mais l'avant des Selects s'en empara. Simon-Pierre aurait pu plonger pour l'en empêcher, mais il décida plutôt de le prendre en chasse.

L'avant des Selects fit une passe dans le coin de la patinoire à l'autre ailier, et celui-ci refila rapidement la rondelle au joueur de centre qui fonçait vers le filet. Simon-Pierre, qui se repliait en toute hâte, essaya d'intercepter la rondelle plutôt que l'adversaire. Le gros joueur de centre le contourna sans peine et décocha un tir sec juste au-dessus de l'épaule d'Anne-Marie.

Selects 1, Carcajous 0.

— Il faut faire quelque chose, déclara Max en envoyant à nouveau le trio d'Anou sur la glace.

— Simard ! Reviens ici une minute !

Sim retourna vers le banc et Max lui dit quelques mots. L'arbitre siffla pour faire signe aux Carcajous de se dépêcher, et Max renvoya Sim au jeu avec une petite claque dans le dos.

Sim s'arrangea pour passer à côté de Stéphane en allant prendre son poste pour la mise au jeu.

— Je prends la rondelle, murmura-t-il à son capitaine. Toi, tu te diriges vers le centre de la glace.

Anou, cette fois, remporta la mise au jeu. Elle pivota, évita une mise en échec et remit la rondelle à Sim par en arrière. Sim se hâta vers l'arrière du but et s'immobilisa avec la rondelle dans un éclaboussement de neige. Il attendait de pied ferme le joueur des Selects qui fonçait en échec avant.

Sim fit semblant de se déplacer vers le côté de la patinoire, et le joueur adverse le suivit pour essayer de le coincer. Il espérait l'obliger à faire une longue passe en diagonale, que les Selects pourraient alors intercepter. Mais Sim enfonça ses lames dans la glace et fit demi-tour.

Stéphane se dirigeait déjà vers le centre de la patinoire. Sim contourna le filet et lança la rondelle tellement haut qu'elle faillit frapper l'horloge. Après avoir flotté quelques secondes dans les airs, elle retomba juste au-delà de la ligne du centre où Stéphane, qui n'attendait que cela pour entrer en zone adverse, la ramassa et s'élança vers le but, tout fin seul.

Il savait qu'il devait éviter de lancer du côté du gant. Une foule de questions se bousculaient dans sa tête pendant qu'il se dirigeait vers le filet. Devait-il lancer? Feinter? Tirer du revers? Tenter un coup droit? Il leva les yeux. Il n'avait aucune ouverture. Il reporta son regard sur la rondelle, qui commençait à s'éloigner de la lame de son bâton. Il la perdit, la reprit et tira sans regarder.

Il y eut à nouveau un éclair blanc. Et la rondelle disparut encore une fois.

— T'aurais dû viser le côté du bâton, lui dit Sim une fois rendu au banc.

— Faut tirer entre ses jambières, conseilla Dimitri.

— Faut lancer le plus fort possible, c'est tout! dit Anou.

Tout le monde avait quelque chose à suggérer; mais personne n'avait de véritable solution.

Normand fut pénalisé pour avoir fait trébucher un adversaire, et les Selects se retrouvèrent en avantage numérique. Ils marquèrent à nouveau sur un dur tir de la ligne bleue, qui avait rebondi sur le patin de Sim.

Selects 2, Carcajous 0.

Les Carcajous entourèrent Anne-Marie pour la réconforter.

— C'est ma faute, lui dit Normand.

— Non, j'aurais dû l'attraper, répondit Anne-Marie.

Stéphane la regarda attentivement. Il avait d'abord cru qu'elle était au bord des larmes, mais il se rendit compte qu'elle était tout simplement en colère. Max lui avait offert ce défi, et la gardienne des Selects était en train de la battre.

Les Carcajous eurent toutes les peines du monde à contenir les Selects jusqu'à la fin de la période. Sans les mises en échec d'Anou et une magnifique interception de Normand, les Selects l'auraient emporté haut la main. Les Carcajous se contentaient de limiter les dégâts.

Max attendit qu'ils aient repris leur souffle avant d'entrer dans le vestiaire. Sim, comme d'habitude, avait la tête entre les genoux. Anou et Stéphane étaient appuyés sur les casiers, le dos voûté, leurs gants et leurs casques à leurs pieds. Anou transpirait à grosses gouttes, et Stéphane aussi pour une fois.

Max souriait. Il ne semblait absolument pas préoccupé.

— Anne-Marie a tout simplement oublié de brancher son équipement, dit-il. Mais ces gars-là ont marqué leur dernier but pour aujourd'hui, je vous le garantis.

Anne-Marie ne leva pas la tête. Elle n'avait même pas enlevé son masque. Elle était assise et regardait droit devant elle, prête à se lever et à recommencer n'importe quand.

— Simard, dit Max.

Sim leva les yeux. Il allait sûrement se faire passer un savon…

— Je suis content de ce que je vois sur la patinoire, fit Max. Mais j'aimerais en voir un peu plus.

Sim baissa la tête, les joues en feu.

— Saint-Onge, dit ensuite Max en se tournant vers le gros Normand, qui — sauf pour le fait qu'il avait été pénalisé — avait quand même bien joué.

Normand leva les yeux à son tour, dans l'expectative.

— Je veux essayer quelque chose : toi avec

Simon-Pierre et Paul. Je pense que ton tour est venu, Simon-Pierre.

Sur ce, Max sortit du vestiaire, laissant ses joueurs seuls avec leurs pensées.

— T'aurais dû l'intercepter, ton gars, dit Sim à Simon-Pierre, de l'autre côté du vestiaire. C'était à toi de le mettre en échec.

— Si tu penses que je le sais pas! rétorqua Simon-Pierre sur la défensive.

— Faut pas avoir peur de la rondelle, dit Sim d'une voix douce. Mais tout le monde avait entendu.

— J'ai pas peur, se défendit Simon-Pierre.

— Alors, prouve-le, répondit Sim.

— Ça suffit, l'interrompit Anou. T'es pas très bien placé pour demander des preuves.

— Qu'est-ce que tu veux dire? demanda Sim.

Anou lui répondit en tirant une enveloppe de la poche de son sac d'équipement. Elle l'ouvrit et en sortit la photo Polaroïd de Sim arborant son « chapeau » en crotte d'oiseau.

— T'es censée me la donner! gémit Sim, fâché de ce rappel.

— On tire de l'arrière 2 à 0, crotte d'oiseau! dit Anou.

Sim se remit la tête entre les genoux. Simon-Pierre commença à frapper sur le bout de ses patins avec son bâton.

Stéphane savait qu'il devait dire quelque chose. C'était lui, le capitaine, après tout.

— Oubliez pas qu'on joue en équipe, dit-il. C'est comme ça qu'on s'est rendus jusqu'ici.

— Allons-y! s'écria Dimitri à l'autre bout du vestiaire.

— On joue, les Carcajous! ajouta Anou.

— Carcajous!

— Carcajous!

— Caracajas! Caracajous!

CHAPITRE 16

S im fit à nouveau des prodiges en deuxième période. Il intercepta des tirs, arrêta des montées et essaya par deux fois sa passe surprise par le centre. À sa première tentative, les Selects l'attendaient et attrapèrent la rondelle avant Dimitri.

La deuxième tentative fut un succès. Normand s'avança devant un défenseur des Selects, lui bloquant « accidentellement » la route, et le petit Simon-Pierre se détacha des autres joueurs pour se précipiter sur la rondelle que Sim avait lancée au vol au centre de la patinoire.

— Vas-y, Simon-Pierre, cria Anou depuis le banc.

Simon-Pierre était tellement nerveux qu'il faillit perdre pied en ramassant la rondelle bondissante. Il franchit la ligne bleue, se mit en place pour un lancer frappé, fit une feinte, puis se dirigea vers le côté du but et glissa la rondelle entre les jambes étendues de la gardienne adverse.

Selects 2, Carcajous 1.

— Entre les jambières! s'écria Dimitri. Je vous l'avais dit!

Ce fut le délire sur le banc des Carcajous. Même Max et M. Blackburn se tapèrent mutuellement dans les mains.

Sim, qui arrivait à toute vitesse derrière Simon-Pierre, le souleva dans ses bras et faillit lui arracher son casque.

Le but de Simon-Pierre sembla redonner vie aux Carcajous. Ils jouèrent beaucoup mieux en deuxième période et ne laissèrent pas une seule fois les Selects les prendre au piège pendant une sortie de zone. Leurs adversaires commençaient à se sentir frustrés, surtout à cause de l'étroite surveillance qu'exerçait Anou, et qui limitait sérieusement les mouvements de leur gros joueur de centre.

Avec moins d'une minute à faire en deuxième période, Kling ramassa une rondelle libre dans le coin de la zone des Carcajous et la renvoya par la bande à Stéphane, qui vit Sim arriver en renfort. Sim prit la rondelle et monta au centre, semant l'ailier des Selects lancé à sa poursuite.

Sim souleva à nouveau la rondelle, pas en hauteur jusqu'à l'horloge, cette fois, mais d'une petite poussée qui l'envoya doucement entre les deux défenseurs en train d'accourir vers lui. Ils avaient tous les deux décidé d'intercepter Sim, mais celui-ci sauta dans les airs entre eux. La voie était libre, et tout allait comme sur des roulettes… jusqu'à ce qu'il perde l'équilibre et tombe à plat ventre sur la glace.

Il glissa vers le coin de la patinoire, la rondelle toujours collée à son bâton. Il leva les yeux et vit Anou qui arrivait sur le côté. Il réussit à lui remettre le disque juste avant d'aller s'écraser contre la bande. Anou fit une passe vive sous le nez du gardien, jusqu'à Dimitri qui n'eut plus qu'à décocher la rondelle dans le filet béant.

Selects 2, Carcajous 2.

À la fin de la deuxième période, les Carcajous eurent droit à une chaleureuse ovation pour avoir rattrapé leur retard. Même l'agent Morris, du FBI, était debout. Et aussi tous les gens de Disney World.

— Occupe-toi de Sim une petite minute, dit Anou à Stéphane.

Stéphane inclina la tête. Il se posta près de la bande et donna une tape dans le dos à chaque joueur qui quittait la glace. Quand arriva le tour de Sim, il le prit par le bras.

— La radio espagnole veut t'interviewer, lui dit-il.

Sim s'arrêta net.

— Mais je parle pas espagnol! Je parle à peine anglais… protesta-t-il.

— C'est pas grave! Ils vont traduire.

— Où est-ce qu'il faut que j'aille? demanda Sim. Il ne semblait pas du tout surpris qu'on veuille l'interviewer.

— Attends ici, répondit Stéphane. Ils vont venir te chercher.

Stéphane se hâta vers le vestiaire en riant tout seul. Anou était déjà au travail. Elle avait pris les ciseaux dont M. Blackburn se servait pour couper le ruban et était en train de réduire la photo Polaroïd de Sim en mille miettes, qu'elle empila soigneusement à la place de son défenseur préféré.

— Est-ce qu'il s'en vient? demanda-t-elle.

— Il pense qu'il va se faire interviewer par la radio espagnole, répondit Stéphane.

Les autres Carcajous levèrent les yeux, se rendirent compte que Sim s'était fait jouer un bon tour et éclatèrent de rire.

La porte s'ouvrit brusquement et Sim entra en trombe, furieux. Il lança son bâton et se tourna vers Stéphane.

— Y avait personne là pour m'interviewer !

Sim était rouge comme une tomate, le visage déformé par la colère. Stéphane avait intérêt à trouver une bonne excuse…

— J'ai dû me tromper de période, répondit-il. Ils voulaient probablement te voir à la fin du match. Le gars parlait pas tellement bien français.

Sim sembla trouver l'explication tout à fait logique.

— Bon, fit-il. Mais fais-moi plus jamais perdre mon temps comme ça.

Sim se dirigea nonchalamment vers son siège, et laissa tomber ses gants et son casque.

— Mais qu'est-ce que c'est que ça ? demanda-t-il.

Il épousseta les miettes de photo.

— Merci, merci, merci, dit-il à la ronde.

— Bien joué, dit une voix familière au fond de la pièce.

C'était Max.

— Merci, répéta Sim, convaincu que c'était à lui que Max parlait.

— Tout le monde, dit Max. Je n'ai rien à ajouter.

Sur ce, Max sortit du vestiaire en souriant.

CHAPITRE 17

Anne-Marie semblait avoir enfin «branché son équipement». Elle fut spectaculaire en troisième période et empêcha même le gros centre des Selects de marquer sur une échappée.

Il faut dire qu'elle avait de l'aide. De Sim (qui semblait intercepter autant de tirs qu'elle), de Kling (qui dégageait constamment la rondelle) et d'Anou (qui se repliait en défensive avec une énergie féroce). À l'autre bout de la patinoire, Stéphane et Dimitri assuraient un solide échec avant, causant d'innombrables retournements de situation. Grâce à son gant plus rapide que son ombre, la gardienne des Selects priva Normand d'un but à peu près assuré, et un harponnage avec la pointe du bâton empêcha Stéphane de marquer sur une manœuvre qui semblait pourtant facile.

Les deux équipes étaient encore à égalité quand retentit le signal de la fin du match. Max dit quelques mots à ses joueurs avant la période de surtemps de cinq minutes.

— Ils commencent à envoyer deux joueurs en échec avant, dit-il. Je connais le style de Deke. Il veut faire paniquer nos défenseurs. Simard?

— Oui, monsieur?

— T'aimes ça, transporter la rondelle, hein?

— Des fois…

— Dès que t'auras une chance, vas-y. Si on piège leurs deux ailiers au fond de notre zone, on pourra peut-être faire quelque chose. Kling, tu restes en retrait et tu fais ce que t'as à faire, d'accord?

— Oui, m'sieur.

La chance attendue se présenta quelques minutes plus tard. Kling maniait la rondelle le long de la bande, dans la zone des Carcajous, et les deux ailiers convergèrent vers lui, convaincus qu'ils pouvaient provoquer un revirement. Mais, loin de paniquer, Kling se servit de la bande pour envoyer une longue passe à Sim, qui ramassa la rondelle en plein élan.

Quand les deux adversaires commencèrent à s'éloigner de lui, Kling « trébucha » et tomba, glissant dans les jambes du premier et étirant son bâton jusque sous les patins de l'autre. L'avant adverse glissa sur un genou, ce qui lui fit perdre une précieuse seconde.

Sim était déjà en pleine course. Il avait la rondelle au bout de son bâton et coupait à travers le centre en diagonale, cherchant Dimitri des yeux pour lui faire une passe. Mais Dimitri se dirigeait vers le banc, et Simon-Pierre avait déjà sauté sur la patinoire.

Sim le vit arriver. Il feinta une passe avant vers Anou, ce qui obligea le défenseur des Selects à se déplacer pour la couvrir, puis décocha une petite passe du revers à Simon-Pierre juste au moment où il arrivait à la ligne bleue. Le défenseur, qui s'occupait d'Anou, fut incapable de se retourner à temps. La voie était libre pour Simon-Pierre.

Simon-Pierre essaya encore une fois de lancer entre les jambières de la gardienne, mais cette fois-ci, elle s'y attendait. Elle envoya la rondelle rebondir loin de son filet.

Le disque glissa directement vers les pieds de Stéphane, qui l'intercepta en tournant le pied droit et le projeta d'un petit coup de patin sur la lame de son bâton. En même temps, il se retourna et se rendit compte que la zone des buts était tout à coup en train de se remplir de joueurs. Il ne restait qu'un seul coéquipier pour recevoir sa passe : Sim.

Le gros défenseur des Carcajous fonçait vers le but. Grâce à l'« accident » de Kling, il était toujours seul de son côté. Il reçut parfaitement la passe de Stéphane.

Les deux défenseurs des Selects tentèrent de converger vers Sim, mais Simon-Pierre jaillit tout à coup d'une ouverture et fonça sur celui de droite, qui glissa de côté. Il regarda par derrière en faisant semblant d'attendre une autre passe, ce qui donna l'impression qu'il ne l'avait pas fait exprès. Ce qui était peut-être le cas, après tout…

L'autre défenseur se concentra sur Sim. Il savait qu'il risquait une pénalité, mais comme la marque était à égalité et qu'on était en supplémentaire, il n'avait pas le choix. Il bondit vers Sim et s'entortilla autour de lui pour l'empêcher de décocher la rondelle vers le filet des Selects.

Sim tint bon. Le défenseur des Selects le gênait sérieusement, mais il réussit à se libérer une main au moment où la rondelle glissait entre les patins de son adversaire. Lorsqu'il put enfin se débarrasser de son couvreur, il était tellement proche du but qu'il ne lui restait plus de place pour passer son bâton entre la gardienne, qui glissait vers lui, et le patin arrière du défenseur.

Sim n'avait pas le choix. Il était en déséquilibre, sur le point de tomber dans le filet, incapable même de voir exactement ce qu'il faisait. Il plaça son bâton entre ses deux jambes, essaya un tir à l'aveuglette… et trébucha.

La rondelle s'éleva dans les airs, avec juste assez de force pour toucher la barre transversale. Elle rebondit sur l'épaule droite de la gardienne — et atterrit dans le but !

Sim avait marqué !

Entre ses jambes, comme Mario Lemieux !

La marque finale était donc Carcajous 3, Selects 2.

Tous les joueurs encore au banc des Carcajous se précipitèrent sur la glace. Ils allèrent s'empiler au fond de la zone des Selects, autour de Sim qui hurlait à tue-tête comme s'il avait été encore dans la Tower of Terror. Anou l'avait pris dans ses bras. Sim, lui, avait passé un bras autour de Simon-Pierre, qui s'était retrouvé encore une fois le casque de travers. Kling s'était joint au groupe, suivi des joueurs venant du banc, pendant que les hourras déferlaient des gradins du Ice Palace.

— On a gagné!

— On a gagné!

— On a gagné!

— C'est grâce à toi, Sim, cria Simon-Pierre. T'as réussi ton tir à la Lemieux!

Sim lui sourit.

— Et grâce à toi, mon ami.

— Comment t'as fait pour voir? demanda Stéphane.

Sim sourit de nouveau.

— Ma vision à rayons X! dit-il.

Les joueurs et les entraîneurs se mirent en file pour se serrer la main. Max et son vieil ami Deke Larose se donnèrent l'accolade, après quoi tout le monde s'immobilisa pour l'hymne national du Canada.

Stéphane regardait l'unifolié et le drapeau rayé des États-Unis. Il songeait à tout ce qui était arrivé aux Carcajous cette semaine. Il pensait à ce qui aurait pu se produire si Kling ne s'était pas demandé pourquoi les deux Goofy portaient des costumes différents. Et il imaginait déjà ce qu'il allait faire en arrivant au vestiaire: il allait remettre à Simon-Pierre la photo prise dans le manège qui l'avait tellement terrifié. Après le match de ce soir, plus personne ne l'appellerait « Audette la Poulette » ou ne le traiterait de poule mouillée. Pas après ce qu'il avait fait pour permettre à Sim de compter son but spectaculaire.

L'hymne national prit fin. Un homme aux cheveux noirs courait sur la patinoire en direction de Sim, qui essayait de mettre la main sur le trophée. Il prit Sim à part, et Stéphane le vit parler à toute vitesse à son ami. Sim hochait la tête en souriant.

Sim passa devant Stéphane en sortant de la patinoire avec l'homme.

— C'est la radio espagnole, dit-il. T'avais raison. C'est à la fin du match qu'on voulait me parler !

FIN

MISE EN PAGES ET TYPOGRAPHIE :
LES ÉDITIONS DU BORÉAL

CE TROISIÈME TIRAGE A ÉTÉ ACHEVÉ D'IMPRIMER EN AVRIL 2008
SUR LES PRESSES DE L'IMPRIMERIE GAUVIN
À GATINEAU (QUÉBEC).